中國語言文字研究輯刊

七　編

許錟輝　主編

第 **17** 冊

聲符示源與詞族構建研究

王　勇　著

花木蘭文化出版社

國家圖書館出版品預行編目資料

聲符示源與詞族構建研究／王勇 著 -- 初版 -- 新北市：花木
蘭文化出版社，2014〔民 103〕
目 2+148 面：21×29.7 公分
（中國語言文字研究輯刊 七編：第 17 冊）
ISBN 978-986-322-857-8（精裝）
1.聲韻學　2.詞義學
802.08　　　　　　　　　　　　　　　　103013633

ISBN-978-986-322-857-8

中國語言文字研究輯刊
七 編　　第十七冊　　　　ISBN：978-986-322-857-8

聲符示源與詞族構建研究

作　　者　王 勇
主　　編　許錟輝
總 編 輯　杜潔祥
副總編輯　楊嘉樂
編　　輯　許郁翎
出　　版　花木蘭文化出版社
社　　長　高小娟
聯絡地址　235 新北市中和區中安街七二號十三樓
　　　　　電話：02-2923-1455／傳眞：02-2923-1452
網　　址　http://www.huamulan.tw 信箱 hml810518@gmail.com
印　　刷　普羅文化出版廣告事業
初　　版　2014 年 9 月
定　　價　七編 19 冊（精裝）新台幣 46,000 元

聲符示源與詞族構建研究

王　勇　著

作者簡介

王勇，男，1986 年秋生於湖北當陽，現爲四川大學文學與新聞學院漢語言文字學博士生。2004
年入三峽大學中文系學習漢語、文學、師範等課程。2008 年至東吳勝地，求學於蘇州大學，
問學於王衛峰先生，研習上古漢語。2012 年於蘇州執教一年之後負笈西蜀，入四川大學，師從
雷漢卿先生研習中古近代漢語。已獨撰、合撰多篇文章。參與了《100 年漢語新詞新語大辭
典（民國卷）》的編纂校訂工作，目前正在撰寫《當代流行語的社會價值研究》《近代漢語方俗
詞探源研究》。

提　要

　　「聲符示源」是一個古老而又充滿魅力的話題，早在東漢時期，劉熙的《釋名》已肇
其端，「右文說」緊繼其踵，「字母說」更進一步，綿延近兩千年而至今，仍是饒有趣味且極
具學術價值的論題。本書認爲，「右文說」在融入「因聲求義」的內核之後，突破了傳統的以
單一聲符系聯同族詞的局限，可以用來構建詞族。以此爲出發點，本書圍繞「聲符」這一核心
詞展開了廣泛的討論，得出以下結論：語詞滋生促使形聲字的孳乳，形聲字的聲符具有示源性；
語詞滋生的層次性、多向性和聲符假借共同促成聲符義的多元性；聲符義的運動與詞義的引申
具有同律性，詞義引申的研究成果可用以指導聲符義引申義列的梳理，聲符義引申義列可以反
映語詞滋生的層次；同一聲符的多個聲符義之間存在平行、因果、相反、變易等密切關係；少
數聲符義與其他聲符義無聯繫，這多是聲符假借的結果。聲符假借多出現在音同或音近的聲符
之間，而音同或音近的聲符亦有同源的可能。因此，我們系聯同源聲符，釐清同源聲符的衍
生譜系，這不僅擴大了詞族系聯的範圍，而且有助於我們找到假借聲符的本字。在上述結
論的基礎上，本書提出利用同源聲符和聲符義的引申義列系聯同族詞的方法。

目

次

緒　論 ··· 1

第一章　同源詞研究方法的歷史沿革 ·························· 7

　第一節　聲　訓 ··· 8

　第二節　右文說 ·· 10

　第三節　因聲求義 ··· 15

　第四節　詞源研究之檢討 ····································· 17

　第五節　本研究的出發點、目的、資料及方法 ········· 20

第二章　語詞滋生與形聲字的發展 ·························· 25

　第一節　相似類比滋生促使形聲孳乳 ··················· 26

　第二節　相關聯想滋生促使形聲孳乳 ··················· 28

　第三節　引申分化滋生促使形聲孳乳 ··················· 29

　第四節　語音變易滋生促使聲符的替換 ················· 30

第三章　聲符示源諸問題 ···································· 33

　第一節　引　論 ·· 33

　第二節　以詞義結構與形聲結構的對應性明聲符
　　　　　兼義 ·· 36

　第三節　綴加意符明假借義的形聲字 ··················· 37

　第四節　聲符研究的正確角度——語言學視角 ········· 40

　小　結 ·· 41

第四章　對「語源義」的質疑 ······························ 43

　第一節　「語源義」立論之本的問題 ··················· 44

第二節 「語源義」混同詞彙義與字義 ⋯⋯⋯⋯ 45

第三節 「語源義」對相關理論的疏忽 ⋯⋯⋯⋯ 47

第四節 輕言某義爲約定俗成的原始意義 ⋯⋯⋯ 53

第五節 借音分化的兩分 ⋯⋯⋯⋯⋯⋯⋯⋯⋯ 55

小 結 ⋯⋯⋯⋯⋯⋯⋯⋯⋯⋯⋯⋯⋯⋯⋯ 56

第五章 聲符多義的成因 ⋯⋯⋯⋯⋯⋯⋯⋯⋯⋯ 61

第一節 滋生的多向性 ⋯⋯⋯⋯⋯⋯⋯⋯⋯⋯ 62

第二節 滋生的層次性 ⋯⋯⋯⋯⋯⋯⋯⋯⋯⋯ 65

第三節 聲符假借 ⋯⋯⋯⋯⋯⋯⋯⋯⋯⋯⋯⋯ 68

第六章 同一聲符各聲符義之間的關係 ⋯⋯⋯⋯ 71

第一節 平行關係 ⋯⋯⋯⋯⋯⋯⋯⋯⋯⋯⋯⋯ 71

第二節 因果關係 ⋯⋯⋯⋯⋯⋯⋯⋯⋯⋯⋯⋯ 74

小 結 ⋯⋯⋯⋯⋯⋯⋯⋯⋯⋯⋯⋯⋯⋯⋯ 82

第七章 詞義引申與語詞滋生的關係 ⋯⋯⋯⋯⋯ 85

第一節 詞義引申分化新詞 ⋯⋯⋯⋯⋯⋯⋯⋯ 86

第二節 詞義引申與聲符義引申具有同律性 ⋯ 86

第三節 語詞的理據往往成爲語詞的直接引申義 89

第四節 語詞引申的兩個方向與語詞的滋生 ⋯ 90

第八章 聲符義引申義列對詞族系聯的啟示 ⋯⋯ 95

第一節 詞族研究面臨的問題 ⋯⋯⋯⋯⋯⋯⋯ 95

第二節 聲符義引申義列對同聲符語詞滋生層次
的揭示 ⋯⋯⋯⋯⋯⋯⋯⋯⋯⋯⋯⋯⋯ 97

第三節 聲符義引申義列的參照作用 ⋯⋯⋯⋯ 101

第九章 同源聲符在詞族系聯中的價值 ⋯⋯⋯⋯ 103

第十章 詞族構建的新思路 ⋯⋯⋯⋯⋯⋯⋯⋯⋯ 113

第一節 《文始》之得與《同源字典》之失 ⋯ 114

第二節 詞族構建方法的新構想 ⋯⋯⋯⋯⋯⋯ 120

總 結 ⋯⋯⋯⋯⋯⋯⋯⋯⋯⋯⋯⋯⋯⋯⋯⋯⋯ 125

附 錄 「八族」聲符滋生譜系 ⋯⋯⋯⋯⋯⋯⋯ 127

參考文獻 ⋯⋯⋯⋯⋯⋯⋯⋯⋯⋯⋯⋯⋯⋯⋯⋯⋯ 145

緒　論

一、緣起

　　漢語詞源的研究肇端於聲訓，聲訓濫觴於先秦而風行於兩漢。文字學巨著《說文解字》（以下簡稱《說文》）中有大量的聲訓材料，我國第一部詞源學著作——《釋名》也成書於此時。逮至南唐，聲訓仍是古人探源的重要方式，徐鍇在《說文解字繫傳》中也運用聲訓探尋語詞的源詞。從晉至宋，「右文說」又得以提出、發展、深化與運用，「右文說」對漢語詞源研究產生了深遠的影響。降至乾嘉，「聲近義通」的規律得到發掘，「因聲求義」的訓詁方法應運而生。在傳統語言學中，詞源研究包孕於訓詁之中，人們對詞源的探討也是以詞義的獲取與確證為主要目的的，因而，「聲近義通」的理論與「因聲求義」的方法也同樣適用於詞源研究。

　　前修時彥孜孜以求，為我們積累下豐厚的研究資料及較為適用的研究方法。詞源研究雖然歷經了兩千多年的發展，但我們仍然不能說真正的漢語詞源學已經建立起來了。王衛峰先生說：「在同源詞的性質、關係、變化方式等根本理論問題上，仍然有一些困惑和不足，同時在系聯方法上也有待改進。對同源詞的聚合關係研究一般僅僅滿足於系聯，而對於它們的繁衍滋生過程和方式卻未多措意，不顧詞族的層次序列，不分源流親疏關係，系聯結果缺乏系統性。」

〔註1〕由此可見，詞源研究在理論和方法上都尚待完善。這正是我們想在這一饒有趣味而又艱深繁雜的問題上作一番思索的原因。

語詞滋生形成聚族而居的同源詞，滋生研究與同源詞研究密切相關。語詞滋生需要在文字形式上反映出來，以確定滋生詞在詞彙系統中的獨立地位，因而語詞的滋生驅動了文字的孳乳，文字孳乳又形成了大量的形聲字。這些形聲字多為在源字（記錄源詞的漢字）的基礎上綴加形符而成，綴形完成後，源字變成既表義又表音的聲符，記錄同源詞的諸形聲字共用聲符，因而，聲符便有了示源性。形聲字及時地記錄滋生成果、同聲字反映同源詞的現象也得到訓詁與文字研究者的認同。王衛峰先生說：「字形變化規整有序，形體具有傳真功能，可能承載詞源資訊，常會保留一些已在語音和詞義中不易發覺的詞源關係，透過形體演變常能窺知詞彙派生的歷史層次和滋生順序。」〔註2〕把握聲符的示源性，在系聯過程中運用比較互證等較為成熟的研究方法小心求證，這樣得出的結論當是可靠的，再以這些同源詞系列作為資料探討同源詞的滋生規律、同源詞之間的關係等問題，我們認為可以得到可靠的結論，能夠增強詞源研究的實證性。

漢語詞源研究常常以「同源詞」或「同族詞」來指稱研究對象，在本書的開始我們要對這兩個術語的內涵作一些必要的交代。我們對待這兩個術語的態度與王力先生一致，他在《同源字典‧序》中說：「從前我曾企圖研究漢語的詞族，後來放棄了這個計劃。」〔註3〕可見「同源詞」與「同族詞」的內涵並不相同，但王力先生沒有明確指出二者的不同之處及二者的聯繫。任繼昉先生取「同族詞」這一術語指稱「具有同一音義來源的詞」，又立「詞群」這一術語來指稱「同族詞中屬於同一個意義層次的同族詞的群體」，〔註4〕這就相當於王力先生所說的「同源詞」。任先生對「詞族」與「詞群」的區分具有極其深刻的內涵——同源詞是有共同的核義素的同族詞，同族詞由一個或多個同源詞組構成。本文使用「同族詞」與「同源詞」便是以上述內涵為基礎的。

〔註1〕 王衛峰《上古漢語詞彙派生研究》，百家出版社，2001年，4頁。

〔註2〕 王衛峰《上古漢語詞彙派生研究》，百家出版社，2001年，7頁。

〔註3〕 王力《同源字典‧序》，《王力文集》卷八，山東教育出版社，1992年，2頁。

〔註4〕 詳參任繼昉《漢語語源學》（第二版）相關章節，重慶出版社，2004年。

二、語詞滋生原理

　　漢語詞彙的發展，經歷了原創、滋生、綴加、合成四個階段。眾所周知，結構主義語言學認爲音義的結合是任意的，不可論證的。中國古代思想家荀子也說：「名無固宜，約之以命，約定俗成謂之宜，異於約謂之不宜。名無固實，約之以命實，約定俗成謂之名實。」這同樣是承認語詞產生之初名實關係的社會約定性。就原創階段產生的語詞來說，確實有部分語詞的音義關係是無法論證的、任意的，但以此觀點來概語詞音義關係之全則難免有「天圓地方，不可盡覆」之難。我們歷來強調索緒爾對語言符號音義關係任意性的觀點而忽視了他對「絕對任意性」和「相對任意性」的區分。他說：「符號任意性的基本原則並不妨礙我們在每種語言中把根本任意的，即不能論證的，同相對任意的區別開來。只有一部分符號是絕對任意的；別的符號中卻有一種現象可以使我們看到任意性雖不能取消，卻有程度的差別：符號可能是相對地可以論證的。」〔註5〕部分原創詞的音義關係是絕對任意的〔註6〕，而在原創詞的基礎上滋生而成的滋生詞以及後來的綴加詞、合成詞的音義關係是可論證的。

　　滋生是指新詞在舊詞的基礎上產生，並且繼承舊詞的音義關係，滋生詞完全繼承源詞的語音或在聲韻調某一方面稍作調整以別於源詞。滋生是漢語詞彙擴張史上的一個極其重要的階段。語音資源是有限的，在原創階段中，語音資源得到了充分配置並奠定了一種語言的基礎語音系統。語言的音位系統是封閉有限的，各民族的發音習慣又對語音數量有所耗損，然而隨著人類知識面的擴展、認識的深化和思維的精密化，所要表達的思想層出不窮，人們在造詞達意的時候一定會遭遇音不敷用的困境。在此情況下，我們有兩種選擇：滋生與合成。合成是一種相當實用而能產的構詞方式，然而對於上古漢語來說這一方式卻難以爲用。上古漢語語詞的單音節性質決定了其詞彙擴張只能採用滋生的辦法。滋生又有四種方式：引申分化滋生、相似類比滋生、相關聯想滋生、語音

〔註 5〕　索緒爾《普通語言學教程》，商務印書館，2009 年，181 頁。

〔註 6〕　任繼昉先生認爲語根主要有自然的發聲、動情的感歎、音響的模擬、形態的模仿等來源，未提及約定俗成。任先生所指出的四大來源當是可信的，由於我們無法排除部分原始詞（詞根）約定俗成的可能性，因此我們的論述依然依照傳統觀念，承認部分原始詞音義關係的任意性。任先生觀點請參見《漢語語源學》（第二版），重慶出版社，2004 年，65～86 頁。

變易滋生。

引申分化滋生指詞義引申導致的語詞的分化。詞義引申是指「詞義從一點出發，沿著本義的特點所決定的方向，按照各民族的習慣，不斷產生相關的新義」〔註7〕，它是詞義運動的主要方式。詞義引申所形成的直接結果便是同一語詞形式（語音形式與書寫形式）承載了多個相關義項，並且這些義項可能由於遞相引申和輻射引申而導致關係上的疏離。爲了減輕該語詞的形式的負擔，使其表義清晰化，這些義項便可能脫離母體成爲獨立的語詞。這些從母體脫離出來的分化詞與其母體的關係是滋生詞與源詞的關係，即它們同源。

相似類比滋生的基礎是「同狀異所」與「異狀同所」，「狀」即形態，「所」即實質，所謂「同」即相似性。這裡的相似性既指客觀相似性，又指主觀相似性，即人們認爲兩物有相似之處。相似類比滋生的過程，即甲物有名，乙物新被人們接觸，乙物與甲物或「同所」或「同狀」，人們便以甲物之名名乙物。這種方式的最大特點是滋生詞多爲名詞。

相關聯想滋生的基礎是事物之間的緊密聯繫。這種聯繫可以表現爲相關、相反等關係。相關可以是物物的相關，例如，尵，《說文‧丸部》：「鷔鳥，食已，吐其皮毛如丸。」尵因其所吐之物如丸而得名；可以是物事的相關，例如，魚：漁，漁因其對象「魚」而得名；可以是實物與抽象概念之間的關係，例如，人：仁，弟：悌。相反關係如，本：末。

語音變易滋生是指由地域差異、古今懸隔產生的自然音變而導致語詞的滋生。語詞的音變最初並不直接滋生語詞，而是形成「同實異名」的情況。繼發的音變使表示「同實」的各「異名」之間的關係更加疏遠，致使人們不能再覺察它們本是一聲之轉，或由於經濟原則的驅使，人們有意地用這些「異名」來承載略有區別的意義，新的語詞便形成了，新詞與舊詞便是滋生詞與源詞的關係。揚雄的《方言》爲我們提供了較多音轉滋生的資料。

上述滋生方式又可概括爲兩種，即詞義引申的分化、語音的流轉變化。這一劃分是張博先生根據章太炎《文始》中的「變易」「孳乳」兩術語及沈兼士的分類推衍而來的。〔註8〕與滋生方式相應，張先生又提出「義衍同族詞」「音轉

〔註7〕 王寧《訓詁學原理》，中國國際廣播出版社，1996年，94頁。
〔註8〕 沈兼士指出：「語言之變化約有兩端：（一）由語根生出分化語；（二）因時間或空

同族詞」的概念。楊光榮先生也有類似的分類，即「理據式同源詞」「音轉式同源詞」。〔註9〕與二位先生相比，我們所劃分的滋生方式較為複雜。張博先生將音轉滋生外的語詞滋生現象統稱為引申分化，這一做法不利於探討詞義引申與語詞滋生的關係，因為並非所有的義衍滋生都是由源詞引申義分化而成的，這一點我們將在後面的論述中討論。

　　語詞滋生的結果是形成同族詞，並促使記錄這些同族詞的形聲字的孳乳。形聲字的產生與發展將在第二章詳細討論，這裡需要指出的是，我們之所以要略述語詞滋生的原理，是因為它與同族詞滋生、形聲字孳乳密切相關。王衛峰先生在《上古漢語詞彙派生研究》一書中曾多次論及語詞滋生、同族詞、形聲字之間的關係，並闢專章討論詞彙滋生和文字孳乳，這為我們從文字的角度反觀同族詞諸理論的有理性提供了有力的證據。

間的變動發生之語轉。」章太炎將「變易」和「孳乳」界定為：「音義相讎，謂之變易；義自音衍，謂之孳乳。」張博先生說：「『變易』指詞的聲音和形體發生變化而意義未變，『孳乳』指詞義引申導致的分化而語音相因或稍有變化。這樣，章氏在用『變易』和『孳乳』說明同族詞的滋生途徑和音義關係的同時，實際上已較為清楚地把同族詞區分為兩種類型。」張博《漢語同族詞的系統性與驗證方法》，商務印書館，2003 年，37～39 頁。

〔註 9〕 該類同源詞（理據式同源詞），主要是由義的裂變而形成的，在裂變過程中，或音隨義轉，或保持恒定。參見楊光榮《詞源觀念史》，巴蜀書社，2008 年，112 頁。

第一章　同源詞研究方法的歷史沿革

　　事物的得名之由自古以來備受人們關注，早在東漢時期就產生了以聲訓爲探源方式的詞源著作——《釋名》。它反映出古人對語詞音義關係的模糊認識，開啓了漢語名源研究的大門，使詞源研究成爲傳統語文學的重要組成部分。聲訓作爲探源手段，歷來爲語言文字研究者所重。降至宋代，「右文說」應運而生。「右文說」的產生是詞源研究方法上的一大進步，使詞源研究有了更行之有效的研究方法，使詞源研究從單個語詞的探源發展爲同族詞的系聯。「右文說」歷經宋至清的發展，理論上有了很大的提高，但與此同時，部分學者對「右文說」產生了錯誤的見解，將「右文說」導向了一個極端。如段玉裁好用「凡從某聲皆有某義」的全稱肯定，黃承吉說「蓋凡字之同聲者，皆爲同義」。〔註1〕前者將同聲符諸字的詞源單一化，以偏概全，後者將音義關係絕對化。後來劉師培將黃承吉的「同聲」推衍至同部，這又走得更遠。清代小學隆興，文字、音韻、訓詁全面發展，乾嘉學者提出了「聲近義通」的理論，並產生了「因聲求義」的訓詁方法。這一方法的產生，爲詞源研究帶來了新契機，使學者們突破文字形體的束縛來研究音義關係，但是也產生了不良影響，它使研究者們拋棄了「右文」這一研究詞源的利器。《文始》《同源字典》都否認了「右文說」。章太

〔註1〕 蔣紹愚《古漢語詞彙綱要》，商務印書館，2007年，164頁。

炎在《文始・敍例》中有「六書殘而為五」之嘆。〔註2〕王力先生說：「聲訓對中國後代的詞源學既有不良影響，也有良好影響。不良影響的結果成為『右文說』。」〔註3〕目前為止兩部最重要的詞源學著作卻都摒棄了「右文說」，實在是極大的遺憾。

第一節　聲　訓

聲訓濫觴於先秦，其作用最初只在於增加立論的可信性，言之成理即可，因而在訓釋字的選取上有較大的隨意性，不是嚴格意義上的探源方式。

降至漢代，聲訓一方面延續了先秦的傳統，為政治、哲學服務，旨在闡發與封建社會有關的道德倫理、名物制度，《白虎通義》是這一方面的代表。另一方面，聲訓成為了訓詁學工具，「它始於漢初《詩經》的毛傳，發揚光大於鄭玄的注經。」〔註4〕聲訓自此進入了語言學領域，並因此產生了詞源學的奠基之作——《釋名》。

《釋名》的作者劉熙是以探源為目的而使用聲訓的第一人。因其主旨便是探求事物得名之由，所以在訓釋字的選取上要力避穿鑿。劉熙的撰述主旨決定其探源的自覺性，所以他的結論有很多可取之處。劉熙所在之漢末距漢語發生之時不知幾千萬年，古今懸隔，語音流轉，語詞的滋生理據及其源詞多已湮沒難曉，這必然導致劉熙撰述之時不能為每一個被釋詞找到確切的源詞與得名之由。再者，並非所有的語詞都有源可尋，約定俗成的原始詞是無源可求的，它們的音義關係是任意的。《釋名》以音同音近的語詞來訓釋被釋詞，揭示其得名之由。然而上古漢語中，語詞以單音節為主，同音詞不勝枚舉，劉熙何以能保證他所尋得的訓釋詞便是被釋詞的源詞或者同族詞呢？

首先是「聲近義通」，但聲近並不一定義通。我們認為還有一個因素，那就是人們所把握的事物的特徵。劉師培云：「數物一名之故，不俱由物形物音物文

〔註2〕 章太炎《文始・敍例》：「《文始》所說亦有婞取本聲者，無過十之一二。甚懼學者或有錮駬復衍右文之緒，則六書殘而為五。」《章氏叢書・文始》，浙江圖書館校刊，1917～1925 年。

〔註3〕 王力《中國語言學史》，山東教育出版社，1992 年，69 頁。

〔註4〕 王鳳陽《漢語詞源研究的回顧與前瞻（代序）》，見張希峰《漢語詞族續考》，巴蜀書社，2000 年，3 頁。

之相同也，一曰別之以顏色，一曰別之以種類。」〔註5〕《物名溯源》：「今考其（引者按：指動物植物）得名之由，或以顏色相別，或以形狀區分。」〔註6〕可見，人們爲事物命名不以質體物類分別，而以外在特徵區分。如此，則事物最顯著的特徵便最有可能被人們把握，並因之爲事物定名。這一特徵又通過三種途徑成爲人們心目中這一事物的根本特徵，這三種途徑分別是：一、這一作爲命名之由的特徵依然表現爲事物的顯著特徵，容易被人們感受、把握；二、詞源意義隱含於詞彙意義之中，人們可以隱隱約約地感受到；三、「古人之名物非苟焉而已，既以名加物，則各物之狀態形質已隱該於字音之中。」〔註7〕某一意義特徵總是與一定的語音相聯繫，人們發現這一規律，聽到某聲音便想到與之相應的意義，即形成語音聯覺。在語詞的使用過程中，以上三方面的原因使得特徵與依其命名之事物的密切聯繫在人們的心理上得到鞏固和強化。這些因素使得《釋名》有較高的成功率。

劉熙的貢獻不僅僅在於它探明了一些名物詞的源詞，通過探源保留了一些研究古音的資料，還在於他闡明了事物得名之由。而他用以闡明事物得名之由的訓詞中，實際上暗涵源詞與滋生詞之間的意義聯繫，如相關、相似、因果等，這對我們探討語詞的滋生方式和規律是很有幫助的。如《釋名·釋形體》：「肢，枝也，似木之枝格也。」人的肢體因與樹木之枝格有相似性，故有相同之名。《釋名》於《說文》後問世，當時形聲字早已經發展爲漢字的主流，故而在劉熙的訓釋中往往會有同聲符字相訓、以聲符訓從其得聲之字、以形聲字訓其所從得聲之聲符的情況，這無疑爲「右文說」的產生提供了參照。王衛峰先生說：「同聲符字的義通現象在《釋名》中已經較爲普遍地被揭示出來，《釋名》已經孕育了右文說的胚胎。」〔註8〕

《釋名》以聲訓爲其唯一的探源方式，所以其成就與不足直接顯現了聲訓

〔註5〕 劉師培《劉申叔遺書·左盦外集·正名隅論》，江蘇古籍出版社，1997年，1147頁。

〔註6〕 劉師培《劉申叔遺書·左盦外集·正名隅論》，江蘇古籍出版社，1997年，1433頁。

〔註7〕 劉師培《劉申叔遺書·左盦外集·正名隅論》，江蘇古籍出版社，1997年，1445頁。

〔註8〕 王衛峰《上古漢語詞彙派生研究》，百家出版社，2001年，188頁。

作爲探源方式的可取與不足之處。其不足之處主要表現爲主觀任意性，「同一個詞，既可聲訓爲此，又可聲訓爲彼；某甲可聲訓爲此，某乙可聲訓爲彼。這種情況，明顯地反映出『聲訓』的主觀隨意性。」〔註9〕其可取之處在於用「音近義通」的詞訓釋被釋詞，這符合同源詞關係的事實，正因如此，劉熙的探源才能取得成功，「音近義通」這一標準才爲後來的詞源研究者所遵循。王鳳陽先生說：「就這一點說，釋名時期既是同源研究的發軔時期，又是詞源研究基本原則的奠基期。後來的探索者不過是不斷根據語言文字研究的新成果去豐富它，去限制它，以減少其朦朧性，增加其精密度而已。」〔註10〕王力先生說：「（聲訓）良好影響的結果成爲王念孫學派的『就古音以求古義，引申觸類，不限形體』。」〔註11〕

　　聲訓對我國語言學研究產生了深遠的影響，它讓我們注意到聲義之間的關係，產生了我國詞源學的奠基之作《釋名》，從而奠定了「聲近義近」的探源原則；「聲近義近」的客觀規律催生了重要的「音近義通」理論；《釋名》顯現出同聲符字的音義關係，孕育了「右文說」。

第二節　右文說

　　一般認爲，「右文說」肇端於晉楊泉，確立於宋王聖美。它是受聲訓影響而產生的以形聲字聲符爲綱的探源方式。

　　「右文說」從確立至現在，經過歷代學者的努力，逐漸趨於完善，發展爲今天最主要、最可靠、最高效的系源方式。王聖美之後的學者對「右文說」的補充完善大致有以下幾點：

　　1.王觀國「字母說」。

　　宋人王觀國在其著作《學林》中明確提出「字母」這一術語。他說：「盧者，字母也。加金則爲鑪，加火則爲爐，加瓦則爲甗，加黑則爲黸。」〔註12〕

〔註9〕　蔣紹愚《古漢語詞彙綱要》，商務印書館，2007年，160頁。

〔註10〕　王鳳陽《漢語詞源研究的回顧與前瞻（代序）》，見張希峰《漢語詞族續考》，巴蜀書社，2000年，5頁。

〔註11〕　王力《中國語言學史》，《王力文集》卷十二，山東教育出版社，1992年，69頁。

〔註12〕　沈兼士《沈兼士學術論文集》，中華書局，1986年，84頁。

寥寥數語，體現出作者的遠見卓識，「字母說」反映了形聲字的孳乳過程，這較之王聖美對同聲符形聲字的平面系聯有了理論上的提升。「凡省文者，省其所加之偏旁，但用字母，則眾義該矣。亦如田者，字母也。或爲畋獵之畋，或爲佃田之佃。若用省文，惟以田字該之。他皆類此。」〔註13〕這段話體現了王觀國對他所謂「字母」的進一步認識，即字母不僅是後出孳乳形聲字的形體之母，更是它們的意義之母，形體與意義在此是密切相關的。「字母說」顯然是對語詞滋生、形聲孳乳原理及二者關係的朦朧認識，這是「右文說」理論上的第一次飛躍。

2.戴侗對「字母說」的進一步完善及其對源詞與滋生詞意義關係的闡述。

戴侗《六書故·六書通釋》：「六書類推而用之，其義最精。昏本爲日之昏，心、目之昏猶日之昏也，或加『心』與『目』焉。嫁娶者必以昏時，故因謂之昏，或加『女』焉。『熏』本爲煙火之熏，日之將入，其色亦然，故謂之熏黃，《楚辭》猶作『纁黃』，或加『日』焉。帛色之赤熏者亦然，故謂之熏，或加『糸』與『衣』焉。飲酒者酒氣熏而上行，亦謂之熏，或加『酉』焉。夫豈不欲人之易知者哉？然而反使學者昧於本義。故言婚不知其爲用昏時，言日曛者不知其爲熏黃，言纁者不知其爲赤黑。」〔註14〕我們認爲，戴侗的卓識表現爲以下幾方面：

（1）肯定了王觀國的「字母說」，並將語詞滋生與形聲孳乳的一致關係進行了更清晰的描述。「昏本爲日之昏，心、目之昏猶日之昏也，或加『心』與『目』焉。」「昏」滋生爲「心昏」「目昏」，則相應孳乳出「惛」「瞑」。

（2）注意到源詞與滋生詞之間的意義關係，即語詞滋生理據，並且闡釋了兩種不同的關係。一爲相似。「昏本爲日之昏，心、目之昏猶日之昏也。『熏』本爲煙火之熏，日之將入，其色亦然，帛色之赤熏者亦然。」戴侗注意到「昏」之所以滋生出「瞑」「惛」，「熏」之所以滋生出「纁」「曛」，是因爲源詞與滋生詞所表示的意義之間有相似性，所以他解釋關係時用「猶」「亦然」，皆用以表相似。一爲相關。「嫁娶者必以昏時，故因謂之昏。」嫁娶這一事件在昏時進行，與昏時相關，故不用「猶」。

〔註13〕沈兼士《沈兼士學術論文集》，中華書局，1986 年，84 頁。

〔註14〕戴侗《六書故》，上海社會科學院出版社，2006 年，17 頁。

（3）同一個源詞可以多元滋生。「熏」滋生出「曛」「纁」皆因相似，與顏色有關。而滋生出「醺」雖亦因相似，卻無關顏色，而是與「熏」的另一特點──煙氣上升相類似，故戴侗說：「飲酒者酒氣熏而上行，亦謂之熏。」

在宋元之際那小學不景氣的時代，能有這樣精妙的識見確實令人佩服。

3.段玉裁將「因聲求義」注入「右文說」，使「右文說」突破了在單一同諧聲字組中據形系聯的狹隘傳統，進一步提升了聲符在詞族研究中的價值。

段玉裁之前的「右文說」，其局限是顯而易見的，學者們只在同諧聲字組中系聯同源詞，極大地宥限了同源詞的範圍。同時又以偏概全，認爲凡從同一聲符得聲的字皆有某義，或者在同諧聲字組中部分系聯，儘量系聯可系聯的語詞，不可系聯的便棄之不顧，然而同聲符的諸形聲字記錄的諸詞可能有多個來源。段玉裁率先認識到上述問題，他意識到同一聲符可表不同的幾個意義。如《說文》：「犥，牛黃白色。」段注：「黃馬發白色曰驃。票麃同聲。然則犥者，黃牛發白色也。《內則》『鳥皫色』，亦謂發白色。」《說文》：「票，火飛也。」段注：「此與熛音義皆同。……引申爲凡輕銳之稱。」《說文》：「標……一曰末也。」段注：「金部之鏢，木部之標，皆訓末，標當訓草末。」可見，「票」這個聲旁可以表示三個意義：1.白色；2.輕銳；3.末端。〔註15〕同一意義可由幾個形體不同但聲音相同或相近的聲符表示。如上例中「票」「麃」均有白色義。又如《說文》：「鼖，大鼓謂之鼖。」段注：「凡賁聲字多訓大，如《毛傳》云：『墳，大防也。』『頒，大首貌。』『汾，大也。』皆是。卉聲與賁聲一也。」段玉裁認爲「賁」「分」聲近通用，均有「大」義，「賁」從「卉」得聲，「卉」亦有「大」義。

我們認爲，段玉裁突破聲符形體，據聲音關係以聯通具有相同聲符義的聲符，使詞源研究境界大開，使「右文說」由小徑變爲通途，厥功甚偉。

段氏在實踐中自覺突破了聲符形體的束縛，但並未作理論上的陳述。黃承吉同樣倡導右文說，其名作《字義起於右旁之聲說》頗有影響，其「右文」理論可以看做對段玉裁的理論的總結和闡釋。何九盈先生說：「事實上，黃承吉的聲同則義同的理論不局限於右旁，他認爲：『並有不必舉其右旁爲聲之本字，而任舉其同聲之字即可用爲同義者。蓋凡字之同聲者，皆爲同義。』的確，同源

〔註15〕 此例引自蔣紹愚《古漢語詞彙綱要》，商務印書館，2007 年，165 頁。

字並不一定聲符都相同，突破右文偏旁的局限，同源字有更爲廣闊的天地。」〔註16〕

　　4.沈兼士對前人的研究進行總結與檢討，並在此基礎上使聲符表義的理論進一步明晰化。

　　段玉裁利用「因聲求義」的方法打通關節，意識到同一聲符可表不同之義，同一意義可由聲音相同或相近的聲符表示，即章太炎所謂「取義於彼，見形於此」的現象。但以上諸現象的深層原因段氏未加探討，沈兼士在總結的基礎上對右文說的理論作出以下描述〔註17〕：

　　（1）夫右文之字，演變多途，有同聲之字而所衍之義頗歧別者，如非聲字多有「分背」義，而「菲」「翡」「痱」等字又有赤義。按：實爲段氏「票」有三義之例所揭發。

　　（2）上文所舉聲母「非」訓「違」，其形爲「從飛下翅，取其相背」，故其右文爲「分背」義，此聲母與形聲字意義相應者。至「非」之右文又得「赤」義，則僅借「非」以表音，非本字也。按：這一點是之前諸家都未提及的，涉及聲符義與聲符單用時意義的關係問題，同時解釋聲符所表義與聲符本義不相應的原因，即「聲符假借」。

　　（3）又有義本同源，衍爲別派。如「皮」之右文有：一、「分析」義如「詖」「簸」「破」諸字；二、加被義如「彼」「鞁」「貱」「帔」「被」諸字；三、「傾衺」義如「頗」「跛」「波」「披」「陂」「坡」諸字。求其引申之跡，則「加被」「分析」應先由「皮」得義，再由「分析」又得「傾衺」義矣。又如「支」之右文先由「支」得「歧別」義，再由「歧別」義引申而得「傾衺」義，諸家於此率多未能求其原委。按：沈兼士於此有三點創獲：一、同一聲符因多元分化而致表多義，這一點雖然戴侗早已發現，但不若沈氏系統；二、同一聲符所表諸義之間可能有引申關係；三、意義相同或相近的聲符可能有相同的意義引申方向和引申結果，這種意義聯繫可以用以證明同一聲符兩聲符義之間的引申關係。如「皮」「支」均有「分析」「歧別」義，又同引申爲「傾衺」義。

〔註16〕何九盈《中國古代語言學史》，北京大學出版社，2007年，292頁。

〔註17〕沈兼士的右文理論詳見《右文說在訓詁學上之沿革及其推闡》，《沈兼士學術論文集》，中華書局，1986年。

（4）復有同一義象之語，而所用之聲符頗歧別者。蓋文字孳乳，多由音衍，形體異同，未可執著。故音素同而音符雖異亦得相通，如「與」「餘」「予」之右文均有寬緩義，「今」「禁」之右文均有含蘊義。豈徒音同，聲轉亦然……諸家多取同聲母字以爲之說，未爲澈底之論也。按：此條所論即聲符音通假借。

除以上幾點之外，沈氏指出「形聲字不盡屬右文」，即聲符不盡表義。同時強調利用《說文》的訓釋時要謹慎，不可盡信《說文》。又在以上諸理論的基礎上提出右文分化諸公式，實際即將上述理論明晰化。

「右文」研究至沈兼士已較爲完善，我們認爲他最大的功績在於總結前人成說，去僞存眞，注意到形聲字聲符表義現象中錯綜複雜的關係，並試圖釐清同一聲符諸聲符義之間的關係。認爲聲符義之間可能有引申關係，這是相當重要的，因爲聲符義的引申推動了語詞的層級滋生，我們可以根據已確定的聲符義之間的關係來確定語詞滋生的流別與層次。同時將右文分化（即語詞滋生）過程中產生的紛繁複雜的關係以公式的形式表現出來，使其明晰化。

與沈氏同時，有楊樹達先生，二先生同時同好。楊氏著作等身，與「右文」密切相關者有《積微居小學金石論叢》《積微居小學述林》等。其理論「約具三綱：形聲字聲中有義，一也；聲母通假，二也；字義同緣於受名之故同，三也。」〔註18〕上述一、二兩端前人多已言及，第三點則是楊氏的一大貢獻，該發現對於探源有極大的用處。總而言之，其功績在於實踐及其方法。

5.劉又辛對沈兼士理論的補充：從文字發展的歷史解釋聲符表義的原因。

劉又辛先生是談及這一問題時不得不提的功臣。從其問學的張博先生撰有《劉又辛同志對漢語詞族研究的貢獻》一文，較爲全面地總結了他對詞族研究（其中大部分有關「右文」）的貢獻。我們認爲劉先生最大的功績在於從源頭上探求聲符兼義的原因，確實具有歷史的眼光。他說：「所謂右文，就是形聲字的聲符。要研究聲符的性質，必須從漢字演變的歷史著眼。如果從歷史發展的角度，把漢字發展爲形聲字的經過弄清楚了，形聲字聲符（右文）的性質問

〔註18〕楊樹達《積微居金石小學論叢沈序》，《積微居小學金石論叢》，中華書局，1983年。

題就容易解決了。」〔註 19〕「形聲字的聲符（右文）為什麼有的有意義，有的只有標音作用，這是前人沒有答覆的問題。這裡試圖用歷史的眼光，從漢字發展過程的角度提出了這個看法。」〔註 20〕劉氏以他所提出的漢字發展三階段論（象形、假借、形聲）為背景，揭示了本義分化和借音分化兩類形聲孳乳的來龍去脈。

　　至黃永武先生則理論更加完備。黃氏著《形聲多兼會意考》〔註 21〕一書，較之沈氏，他對前人的研究成果搜羅更為詳贍，結論更為細緻翔實。黃氏的研究對聲符兼義及不兼義的情況可謂總結該盡，其結論如下表：

說文形聲字	形聲字之正例必兼會意	同從一聲之形聲字群同取一義者	1. 形聲字與所從聲母字義全同者
			2. 形聲字與所從聲母字義相近者
			3. 形聲字與所從聲母字義引申可通者
			4. 形聲字之字義不取自所從之聲母，而取自同從一聲之形聲字
		形聲字之聲母或因多音而有多義之現象者	
	形聲字之變例不能直說其義	1. 所從之聲母為假借者	
		2. 以聲命名者	
		3. 狀聲詞	
		4. 由異域方言譯音所成之字	
		5. 由方語有殊後加聲符以注音之字	

　　黃先生分類細緻，其觀點多源自黃侃〔註 22〕。該分類總該各類聲符意義，且對形聲字與其聲符之意義的關係有一定的探討，貢獻不可謂不大。

第三節　因聲求義

　　聲近義通現象在聲訓時期便已發現，《釋名》對眾多名物得名之源的成功探

〔註 19〕劉又辛《「右文說」說》，《文字訓詁論集》，中華書局，1993 年，75 頁。

〔註 20〕劉又辛《「右文說」說》，《文字訓詁論集》，中華書局，1993 年，88 頁。

〔註 21〕黃永武《形聲多兼會意考》，文史哲出版社，1985 年。

〔註 22〕黃侃說：「凡形聲字，以聲兼義者為正例，義不兼義者為變例。」黃侃述，黃焯編《文字聲韻訓詁筆記》，上海古籍出版社，1983 年，79 頁。

求突出地展現了這一規律。乾嘉時期以王念孫、段玉裁爲代表的「因聲求義派」所運用的主要求義方式即聲訓，王念孫在《廣雅疏證》中大量使用聲訓求義便說明這一點。只不過他們比劉熙更具謹愼的態度，並且有劉熙所不能企及的古音知識以及對「聲近義通」理論的掌握。徐興海先生於《〈廣雅疏證〉研究》中說：「《疏證》不僅引證劉熙《釋名》共達三百四十餘處之多，本身又有聲訓三百五十餘條，數量實爲驚人，簡直可以成爲一部新《釋名》。」〔註23〕當然，因聲求義不僅僅用於聲近義通的語詞的訓詁，還用於破假借。

《六書故》的作者戴侗就已經指出：「訓詁之士，知因文以求義矣，未知因聲以求義也。夫文字之用，莫博於諧聲，莫變於假借，因文以求義而不知因聲以求義，吾未見其能盡文字之情也。」〔註24〕明末方以智：「欲通古義，先通古音。……因聲求義，知義而得聲。」〔註25〕由於二人均不具備完備的古音知識，故而他們在「因聲求義」的理論與實踐上並沒有多少創獲。雖然如此，它們能提出如此先進的觀點已屬難能可貴。

「因聲求義」訓詁方法導源於聲訓，聲訓使我們對音義關係有了朦朧的認識，我們可以認爲兩漢是「聲近義通」理論的萌芽時期，宋明時期進一步發展，清朝乾嘉時期是「聲近義通」的確立時期。同時，確立了與之相配合的訓詁方法，即「因聲求義」。王念孫《廣雅疏證》、郝懿行《爾雅義疏》、錢繹《方言箋疏》是因聲求義的典範之作，他們因聲系聯，不限形體，既利於詞義的闡明又系聯了一些同源詞。

因聲求義的訓詁方法之所以受到學者們的讚賞與推崇，主要是因爲它認識到文字與語詞的不同，突破了字形的限制，「就古音以求古義，引伸觸類，不限形體。」不限形體的訓詁方式給「右文說」帶來了新的契機，使這一探源方式有了新的活力。在「右文說」部分對段玉裁的介紹已經清楚地說明了這一點，「因聲求義」與「右文說」的結合完善了詞源研究的理論和方法，爲詞源研究開闢了新的天地。

〔註23〕 徐興海《〈廣雅疏證〉研究》，江蘇古籍出版社，2001 年，111 頁。

〔註24〕 戴侗《六書故》，上海社會科學院出版社，2006 年，12 頁。

〔註25〕 何九盈《乾嘉時代的語言學》，《語言叢稿》，商務印書館，2006 年，279 頁。

第四節　詞源研究之檢討

1.詞源學從《釋名》至今，經歷了近兩千年的發展，取得了很多成績，積累了很多經驗和材料。特別是二十世紀以來，章太炎、黃侃、劉師培、沈兼士、楊樹達等飽學之士的研究使詞源研究成爲一門有別於訓詁的學問。章太炎的《文始》開風氣之先，同時諸家及後學對《文始》雖褒貶不一，但它使詞源學走向自覺，其功不可磨滅。黃侃、劉師培二先生對「右文」理論也有貢獻。劉師培接受清儒黃承吉《字義起於右旁之聲說》之觀點作《字義起於字音說》，起於「字音」即起於「聲符」。這既闡明了同聲符字多同源的道理，也給聲符表義的原因以啓示。沈兼士作《右文說在訓詁學上之沿革及其推闡》一文，較爲全面地總結了前人的成果，提出了「右文之一般公式」。沈先生的文章不僅能使我們更好地瞭解「右文說」的歷史，更提高了「右文說」的理論性，使它能更好地爲詞源研究服務。楊樹達一生致力於詞源研究，創獲頗豐。他探尋詞源主要以《說文》爲依據，以據聲系聯爲方法，所述多爲不刊之論。

繼諸位之後，致力於詞源研究的學者層出不窮，主要有王力、劉又辛、劉賾〔註26〕等。王力先生所著《同源字典》被譽爲漢語詞源學上的里程碑。劉又辛先生有關詞源學的論文主要收錄於《文字訓詁論集》，代表作爲《「右文說」說》，其特色爲從漢字發展史的角度闡釋「右文」現象。劉先生將漢字的發展歷程定爲象形、假借、形聲三階段，我們認爲這一結論實際上是對「字義起於右旁之聲」的補充，並爲它提供了有力的證據。

近年來，在王寧先生及其學生的影響下，詞源意義與詞彙意義的區別逐漸被學者們認識並得到重視，這一理論的強調對詞族系聯所應採取的標準有較大的影響。在此基礎上，又提出了行之有效的同源詞義素分析法〔註27〕，以獲取詞源意義。王寧、黃易青等批評了王力先生的「同訓」「互訓」「通訓」的意義標準，這是很大的進步。王衛峰先生的專著《上古漢語詞彙派生研究》探明了

〔註26〕 劉賾（1891～1978），字博平，湖北廣濟人。從黃侃受文字音韻訓詁之學。武漢大學教授，主講文字、聲韻、訓詁、毛詩、周禮等課程。遺著《初文述誼》爲語源學著作。

〔註27〕 參見王寧《訓詁學原理》「詞源理論」部分，中國國際廣播出版社，1996 年；黃易青《同源詞義素分析法》，《古漢語研究》，1999 年第 3 期。

語詞滋生的原理、運行方式、詞彙滋生的系統性、詞彙滋生和文字孳乳之間的關係。文中指出語詞滋生的結果是形成聚族而居的同源詞，所以該書既是詞彙學著作又是詞源學著作，它系統地為我們講述了同源詞的滋生原理及相關重要問題。曾昭聰先生《形聲字聲符示源功能述論》以形聲字聲符為研究對象，探討了聲符示源的理據、類型、特點，回顧了聲符示源的研究歷史，最重要的是肯定了聲符示源功能的研究價值。其價值主要表現在同源詞研究、辭書編纂、古籍整理、詞語訓釋等方面。我們認為聲符示源功能對同源詞研究的價值是非常大的，本文的研究將展現這一點。

2.就我們所掌握的淺陋知識來考量目前的詞源研究特別是「右文說」的研究，我們認為有以下幾點不足：

（1）對形體有所突破但不夠徹底。台灣學者黃永武先生對「右文說」作了全面的總結，不難看出，黃氏的結論多是在沈兼士、黃侃的影響下得出的。正例、變例二術語來自黃侃，正例、變例所轄內容與沈兼士所謂音符即本義者、音符僅借音者基本相合。各種小類，多至數十種，讓人眼花繚亂，究其緣由，實因未將文字學上的聲符與詞源研究中的聲符區分開來。這二者不能清晰劃分，直接導致長期以來人們對兩個關鍵問題——聲符是否表義、是否所有的聲符都表義眾說紛紜。討論「右文」的論文不在少數，卻少有人對此問題進行探討。大家爭相批評傳統「右文說」受字形的束縛，而批評者自己卻也未能衝出字形的宥限。

（2）同族詞的性質仍顯模糊。這一問題又導致系聯同源詞標準的不準確。

王力先生《同源字論》：「凡音義皆近，音近義同，或義近音同的字，叫做同源字。這些字都有同一來源。或者是同時產生的。」〔註28〕王力先生的定義是不完善的，並非所有同屬一族的詞之間的意義都相近或相同。語詞滋生從源詞出發層層衍生，每一層滋生都充滿不確定性，歷經流轉，後出語詞的意義與先出語詞的意義很可能看不出任何聯繫，哪怕它們同出一源。有時甚至屬於同一滋生層次也意義不相同或相近。如「被」與「破」同源，均由「皮」滋生而來，它們在意義上並無相關之處。古音相近，意義耦合的現象往往有之，如蔣紹愚先生所舉「境」與「界」「徒」「但」與「特」之例便是。蔣先生提出了自

〔註28〕王力《同源字典》，《王力文集》卷八，山東教育出版社，1992年，7頁。

己的標準：（a）讀音相同或相近；（b）意義相同或相關；（c）可以證實有同一來源。〔註29〕雖強調要「同出一源」，但較之王力先生的標準並無多少改進。若能證實「有同一來源」，則（a）（b）兩條無存在之必要，所以（c）條有等於無。

後出轉精，張博先生對同族詞的界定則較王力先生更爲完滿。他說：「同族詞指一種語言內部由源詞及其孳生詞、或同一來源的若干個孳生詞構成的語詞類聚。這類詞有源流相因或同出一源的族屬關係，因而聲音和意義多相同、相近或相關。」〔註30〕兩相比較，不難發現，王力先生的定義是從平面系聯的角度作出的，不重歷史沿流及層次性；張博先生的定義是從發生學的角度作出的，重族屬關係、發展的層次性，所以更符合同族詞的事實。張博先生並未提出與王力、蔣紹愚兩位先生相似的判定同族詞的標準，我們認爲這是很有遠見的。上述兩位先生的標準不足以概全，也不足以排異，只能作爲提取同族詞研究材料的方法。

那麼系聯同族詞，究竟有沒有一定的標準？如果有，應該採取什麼樣的標準？這是目前應該回答的問題。

（3）同族詞研究中我們究竟應該採取什麼樣的意義觀，這個問題與「聲近義通」之「義」是密切相關的。

（4）詞義引申與語詞滋生的關係如何？論者多認爲滋生是詞義引申分化的結果，實情究竟如何，少有人論及。

（5）「右文說」利用聲符示源的特性系聯同族詞，一個聲符有時具有幾種意義，這幾種意義之間究竟有無關係，若有，究竟呈現何種關係？這一問題的探明對同聲符同源詞的確定有積極意義。

（6）從「聲訓」而「右文」再至「因聲求義」，探源方式逐漸轉精，詞族理論也漸趨明朗。同時音韻、文字的研究也取得了極大的進步，建立漢語詞族，全面梳理語詞滋生譜系，展現語詞滋生面貌的條件應該說比較成熟了。然而目前並沒有學者作大規模的系聯，而是孜孜於細枝末節的探討。以管窺豹，難見其全貌。如此，也難發現同族詞研究的不足。所以，我們應該積極探討建立大規模詞族的方法。

〔註29〕蔣紹愚《古漢語詞彙綱要》，商務印書館，2007年，180頁。

〔註30〕張博《漢語同族詞的系統性與驗證方法》，商務印書館，2003年，30頁。

（7）對滋生詞所蘊含的文化內涵發掘不夠。語言是文化的淵藪，而蘊含於滋生詞意義結構中的滋生理據是我們探索文化心理的直接依據。據滋生理據探究古人的文化心理是詞源研究最具趣味性的地方，以後的詞源研究也應措意於此。

第五節　本研究的出發點、目的、資料及方法

　　經過兩千多年的發展，詞源研究取得了極為豐碩的成果。我們對同族詞的認識由朦朧變得清晰，語詞的音義關係得到了較為全面的闡釋，並且認識了貫串於同源詞中的「義類」的性質。在此過程中，產生了聲訓、右文、因聲求義等相應的研究方法。現代語言學的發展為語源研究注入了新的血液，王力先生的《同源字典》便是古今中外語言理論共同作用的成果。王力先生這一里程碑式的著作對當代詞源研究產生了極其廣泛的影響，特別是他所規定的判定同源詞的音義雙重標準。音義標準既是同源詞的判定標準，也是同源詞的系聯方法。我們可以先搜羅意義相同或相近的語詞，然後用音近音同的標準來排除非同源的詞，反之亦可。

　　隨著研究的進一步深入，越來越多的學者對先前的詞源理論提出質疑。如一般認為同源詞聲同義近，而陸宗達、王寧先生說：「聲音較遠的詞，也可能同源。」〔註31〕孟蓬生先生說：「認為同源詞的語音必須相近的觀念是一種錯誤的觀念。這種錯誤觀念的存在，嚴重地影響著漢語同源詞研究的深入開展，有必要加以認真的清理。」〔註32〕至於同源詞的意義關係，經過幾代學者的摸索，我們已經有了很深刻的認識，但是否同族就必須義近？我們認為事實並非如此。王力先生的音義標準是平面標準，而語詞的滋生是歷史事件，研究同源詞必須有歷史觀。正是因為這一點，劉又辛先生提出了漢字發展的三階段，解決了聲符含義的問題；陸宗達、王寧、孟蓬生、張博等學者對音同義近的標準也提出了質疑。只有具有歷史觀，我們才能真正建立完備的詞源理論，弄清語詞滋生的大致的歷史面貌。

　　就目前的研究現狀看，詞源理論的發展領先於同族詞系聯方法。研究者們

〔註31〕陸宗達、王寧《訓詁與訓詁學》，山西教育出版社，1994年，365頁。

〔註32〕孟蓬生《上古漢語同源詞語音關係研究》，北京師範大學出版社，2001年，20頁。

在系聯同源詞的時候多是小鍋小灶，多是爲了說明三三兩兩的詞的同源關係，這樣的研究對於研究方法的要求不高，因爲它不需要能系聯大規模同源詞的方法。在這樣的系聯過程中，因聲求義便是最好的方法。因聲求義固然有其效用，但它只能用於平面的系聯，不能展現語詞滋生的層次與脈絡。

我們認爲，眞正的詞源學應該包括以下幾部分：語詞滋生理論、同源詞系聯方法以及在理論指導下以行之有效的方法構建的漢語詞族。目前，前兩部分已取得可喜的成績，但詞族的構建卻發展滯緩，《文始》之後鮮有人問津。究其緣由，我們認爲主要是系聯方法的問題。王力先生的巨著《同源字典》問世之後，研究者們緊跟其風，多以音義關係爲依據系聯少數同源詞。王力先生說：「從前我曾企圖研究漢語的詞族，後來放棄了這個計劃。『詞族』這個東西可能是有的，但是研究起來是困難的。」「在這部《同源字典》中，每一條所收最多不過二十多個字，少到只有兩個字，寧缺毋濫。收字少了，就能避免或減少錯誤，具有實用價值。」〔註33〕王力先生的考慮當然是非常正確的，但是僅就先生的「同源詞」研究來說，這還是不夠的，以管窺豹，只能見其一斑。對於同族詞的研究來說，這樣小範圍的系聯更是無法滿足其需要了。王力先生說：「過去有人研究過，每一個詞族可以收容一二百字。但是仔細審察其實際，在語音方面，則通轉的範圍過寬，或雙聲而韻部相差太遠，或疊韻而聲紐隔絕；在字義方面，則輾轉串聯，勉強牽合。」〔註34〕王力先生所說的字音字義上的隔絕或許正是他管窺之所不見，當然我們並不是支持任意牽合。至於研究者對「語音規律上的嚴加限制」的不合理之處提出的批評，我們會在文中相應的地方點明，此處不再贅述。

對於詞族的建立，王力先生沒有提出自己的看法。黃易青先生對詞族的建立有獨立的見解，他說：「可以將得到一度、二度系聯的各組同源詞，進一步系聯在一起，按運動和認識規律來系聯它們之間的關係，多組同源詞二度、二度以上系聯之後得到的是一個同源詞體系、同源詞家族。」〔註35〕這一見解從理論上講是可行的，但事實究竟如何，目前還沒有這方面的成果以供研究，而且

〔註33〕王力《同源字典》，《王力文集》卷八，山東教育出版社，1992年，4頁。

〔註34〕王力《同源字典》，《王力文集》卷八，山東教育出版社，1992年，4頁。

〔註35〕黃易青《上古漢語同源詞意義系統研究》，商務印書館，2007年，55頁。

這種系聯法可以建立詞族但無法確定其源，這仍是一個不小的問題。黃先生的理論實際上就是以系聯詞源意義的方式建立詞族，而詞源意義是抽象的意義，其最後的結論便是以某一語音與某一抽象意義的結合爲某一詞族的語根，這無異於說漢語的原始詞都是表抽象意義的語詞。張博先生對此有不同意見，她說：「在系聯同族詞時，人們習慣指認一個表狀態義的形容詞爲詞源。例如『軍族』中的『圓』。我們認爲，如果出於稱說的方便，把該詞作爲族名是可以的；但若眞的以爲該族詞都是由此孳生而來，那是不妥的。根據原始社會的語言中專名發達、屬名匱乏的普遍現象，表抽象的狀態義的形容詞當產生於大量的名物詞之後。」〔註36〕

近來研究者對詞族的興趣似乎不大，就筆者所見，唯一可以稱得上詞族研究的是張希峰先生的《漢語詞族叢考》《漢語詞族續考》《漢語詞族三考》等著作。詞族研究的價值，張先生已經明確指出，他說：「每個詞族的表譜用數碼標示各詞，以揭示詞族內部孳乳分化的運動過程，進而顯示詞族的形成是詞彙發展的歷史結果，而不僅僅是詞彙中『音近義通』或『音近義同』者類聚。就目前可供參考的學術成果來說，這樣構擬詞族的譜系是相當困難和冒險的。但是，放棄這方面的探索，漢語詞族的研究將徘徊於平面系聯的局面就難以突破，更無法提高到歷史語言學的高度。本書試圖通過這方面的初步嘗試，引起學術界對這一領域的注意。」〔註37〕張先生對詞族研究的認識體現了詞族研究者應具備的基本素質，即歷史觀，這是尤可讚賞的。可惜的是張先生沒有提出通論性質的理論和方法，沒有告訴讀者他的詞族是如何建立起來的。

同源詞研究的各個方面都在探索之中，我們是不是要等到各方面都研究清楚了再來構建漢語詞族呢？我們認爲，正如漢語史的研究不是要等各個共時的研究完成以後才能進行歷時性的貫串一樣，同源理論的研究與詞族的構建並行不悖、相互補充。要構建詞族就需要相應的行之有效的方法，更根本的是支持這種方法並與語詞滋生相適應的理論。鑒於目前詞族研究落後的情況，我們願意在構建詞族的理論和方法上作一些有益的探索。

我們認爲，要構建完整而可靠的漢語詞族就要牢牢把握住「聲符」這一利

〔註36〕張博《漢語同族詞的系統性與驗證方法》，商務印書館，2003 年，125 頁。

〔註37〕張希峰《漢語詞族叢考‧例言》，巴蜀書社，1999 年，1 頁。

器。聲符的示源性對詞族的構建有無可比擬的價值，這是詞源研究領域的共識。詞源研究經過兩千多年的發展，產生了聲訓、右文、因聲求義等探源與系源方式，因聲求義是聲訓的延伸與發展，這二者又可與「右文」結合，最終「右文」融合了因聲求義的方法。如此，「右文」既保留了其據聲系聯的方法又彌補了傳統「右文」以同諧聲字組爲系聯範圍的不足。聲近義通理論與「右文」的融合開始於宋戴侗《六書故》而完成於乾嘉時段玉裁的《說文解字注》，前文已有所論述。王鳳陽先生說：「段玉裁雖用『右文』注《說文》，但由於他懂得『學者考字，因形以得其音，因音以得其義』，所以他的以聲符解字和從字形結構出發去解字的『右文說』者有所不同，他是站在同音的高度上去解釋同聲符字的。」〔註38〕此即「因聲求義」與「右文」的結合，「因聲求義」融入「右文」之中，注入了新鮮血液的「右文」有著無窮的魅力。王鳳陽先生說：「兩者結合取長補短則珠聯璧合，兩者互相排斥則將各自陷入自己的盲區。所謂合之雙美，毀之兩傷是也。……離開字源學的詞源學，經常脫離詞源軌道，駛入誤區。」〔註39〕

　　所謂誤區，即任意馳騁，隨意牽合，這導致了系源結果的不可靠性。張博先生說漢語同族詞研究方法的總體缺陷是缺乏驗證性。〔註40〕同一語詞，不同的人對其源詞與得名之由可以得出不同的結論，這正是語詞的理據性不爲大家所廣泛接受的原因。基於這一缺陷，我們認爲同源詞的研究既要有可靠的資料，又要有可靠的方法，並且要多方並施，互濟其窮。所以我們欲以《說文》爲主要的取字範圍，必要時適量吸取《玉篇》《廣韻》等材料所收的字詞；以「據聲系聯」爲主要的研究方法和起點；以先秦經典訓詁、《爾雅》、《釋名》、《小爾雅》、《廣雅疏證》等爲訓詁材料的主要來源；以《說文》重文、讀若、文獻異文等資料及聲訓和現代古音學爲同音通用或音近通轉的依據。

　　《說文》儲存了先秦時期的原始詞及滋生詞，形聲字占《說文》所收字的百分之八十以上，並且，許慎爲我們詳細分析了形聲字的結構與意義。語詞滋

〔註38〕　王鳳陽《漢語詞源研究的回顧與前瞻（代序）》，《漢語詞族續考》，巴蜀書社，2000年，24頁。

〔註39〕　王鳳陽《漢語詞源研究的回顧與前瞻（代序）》，《漢語詞族續考》，巴蜀書社，2000年，31～32頁。

〔註40〕　參見張博《漢語同族詞的系統性與驗證方法》，商務印書館，2003年，90頁。

生主要發生在先秦，之後複合則成爲主要的構詞方式，《說文》集中反映了語詞滋生的結果。《說文》作爲同源詞的研究資料有以下優點：「首先，《說文》是以文獻用詞的詞義爲基點來整理漢字的，因此，《說文》所收的字歷來被認爲是正字，也就是說，許愼爲我們做好了文獻的積分工作；第二，《說文》嚴格遵守形義統一的原則，是講本字本義的，它排斥了借字與借義，爲系聯同源字提供了最有利的條件；第三，《說文》聲訓、讀若、形聲系統中已經包含了一部分同源字的資料，爲全面系聯同源字提出了不少線索。」〔註41〕所以，《說文》是系聯同源詞的最好資料。除此之外，《說文》講本字本義，對於詞族研究來說，我們必須堅持一詞一義的原則，也就是說，同一個形聲字，在詞族譜系中只能出現一次（同字形的詞除外）。這樣就不會導致同一個文字形體出現在多個同源詞組中，形成《同源字典》中「在 x 的意義上，『A』和『B』同源」的情況，王力先生所說的「在某義上實同一詞」多是同音假借、同源通用和詞義引申。同樣的情況在《漢語同源字詞叢考》中也時有出現，竊以爲這種現象是應該杜絕的。出於這種考慮，《說文》的本義便是我們可據之資，當然，不可盡信《說文》。總之，同源詞系聯以語詞的本義爲唯一進入詞族系統的義位。

通過長期的觀察，我們認定聲符是構建詞族的利器，那麼我們就需要理論上的支持。本文將以理論探討與系聯實踐相結合的方式展開論證，最終目的是證明以聲符爲基點，以同源聲符的滋生、聲符義的引申、形聲孳乳爲線索構建詞族的合理性與可行性。

〔註41〕 王寧《論〈說文〉字族研究的意義——重讀章炳麟〈文始〉與黃侃〈說文同文〉》，《南京師大學報》（社會科學版），1986 年第 1 期。

第二章　語詞滋生與形聲字的發展

　　我們知道，文字是記錄語言的書寫符號系統。一般來講，只有語言中出現了新的詞語，才會相應出現記錄新詞的新字。上古漢語以單音詞爲主，新詞通過滋生方式產生。「詞彙的發展一般都要經過原創、滋生、綴加、合成幾個階段。在詞彙的原始積累過程中，音義關係逐漸獲得了回授作用，日益穩固的音義結合關係約束著繼發的音義關係，詞彙發展由此進入滋生階段。滋生是指人們依循原創詞彙凝結的音義關係構造新詞和分化舊詞的過程，它的變化手段是音節內部的音位交替和字體上的綴形孳乳。」〔註1〕王衛峰先生指出，詞彙滋生對字體的影響是「綴形孳乳」，形聲結構自然是最佳的「綴形」方式。因此，形聲字的發展要與詞彙的滋生結合起來，先有詞彙滋生，而後才有文字孳乳。

　　文字產生之時，語言中的詞彙應該早已走過了原始積累時期，正處於滋生階段，並且已然存在大量同族詞。文字產生之初，構字之法只有象形（包括象形、指事、會意）一端，語言中的大量語詞特別是表抽象概念的語詞必然無法各造一字，最初也沒有各造一字的必要。因爲「殷商的文字似乎只在都城使用，掌握文字的人只是少數巫師，是當時家臣的一種。使用文字的場所也有限。刻

〔註1〕　王衛峰《上古漢語詞彙派生研究》，百家出版社，2001年，1～2頁。

在龜甲獸骨上的卜辭文字，只要那些巫師懂得就行」。〔註2〕有限的文字再濟以假借之法，也可勉強應付記錄休祲吉禍之需。但隨著經濟文化發展的迫切需要，又加上過多的假借已使文字與詞語的對應狀況混亂不堪，人們不得不積極思考和探索文字全面記錄語言的良方，於是形聲構字應運而生。人們循著語詞的音義關係，綴形孳乳文字來記錄它們。最初的綴形只是爲了減輕文字的負擔，在記錄源詞的字形上添加區別特徵，使其表意更加明晰精確。在此基礎上，人們才逐步認識了「綴形」的優越性。形聲是極其方便能產的構字法，所以秦漢時期形聲字的數量猛增。需注意，這並不是說僅僅因爲秦漢時期詞彙滋生速度迅猛。還因爲這一時期古已有之而無專字記錄的詞語也具備了爲之造本字的條件。新詞舊詞兩方面的原因造成了這一時期形聲字劇增的現象，當然新詞的產生還是主流。可以說，文字產生之前的詞彙滋生結果在形聲造字法出現後以共時的方式在文字系統中平面式地展現了出來。

「詞彙的派生方式有四：相似類比派生、相關聯想派生、語詞分化派生、語音變易派生。詞彙派生和文字孳乳之間具有互動關係，詞彙派生驅動著文字孳乳，漢字系統的條理化又爲派生拓展途徑。」〔註3〕既然詞彙滋生和文字孳乳有如此密切的反映關係，我們即以上述四種詞彙滋生方式爲線索來分析形聲字發展壯大的過程。

第一節　相似類比滋生促使形聲孳乳

「事物、概念之間或以同狀異所而相似，或以異狀同所而同質，人們就以這些相似近似特徵爲契機，將已有的語音形式轉用於其他事物或概念，從而造出新詞來。」〔註4〕事物、概念間的一切相似相同之處都能成爲詞彙滋生的契機。劉師培《左盦集》卷四《字義起於字音說》：「古人觀察事物，以意象區，不以質體別，復援意象制名。故數物意象相同，命名亦同，及本語言制文字，即以名物之音爲字音，故意象既同，所從之聲亦同。」〔註5〕劉氏此語實闡明了相似

〔註2〕劉又辛《從漢字演變的歷史看文字改革》，《文字訓詁論集》，中華書局，1993年，31頁。

〔註3〕王衛峰《上古漢語詞彙派生研究》，百家出版社，2001年，2頁。

〔註4〕王衛峰《上古漢語詞彙派生研究》，百家出版社，2001年，67頁。

〔註5〕劉師培《劉申叔遺書‧左盦外集‧正名隅論》，江蘇古籍出版社，1997年，1239頁。

類比滋生的原理及諸多同聲字的形成原因。

1.相似類比滋生可以以意義具體的詞爲源詞。如：

支（枝）：肢（胑）、敊、芰

支，《說文》：「去竹之枝也。」林義光《文源》：「即枝之古文，別生條也。」四肢如同樹枝由軀幹向外伸張，故滋生出「肢」，亦作「胑」。胑，《說文》：「體四胑也。」段注：「《荀子・君道》篇：『如四胑之從心。』《淮南・脩務訓》：『四胑不動。』」《釋名・釋形體》：「胑，枝也，似木之枝格也。」敊，《說文》：「三足鍑也。」三足猶如樹枝人肢，其狀同，故其名一。芰，《說文》：「蔆也。蔆，芰也。」張舜徽曰：「芰之言歧也，謂其葉之多歧出也。」歧出則多，故芰或體從多作茤，正如芰從支得聲訓多。

又如，巢：樔、轈

巢，《說文》：「鳥在木上曰巢，在穴曰窠。」樔，《說文》：「澤中守草樓。」段注：「形聲包會意也。從巢者，謂高如巢。」轈，《說文》：「兵高車加巢以望敵也。」段注改「加」爲「如」。樔、轈均與巢相似，高如巢，故由巢滋生。由其滋生原理可知段注改「加」爲「如」實爲灼見。

2.相似類比滋生也可以意義抽象的詞爲源詞。如：

熏：曛、纁、醺

宋末戴侗《六書故・六書通釋》云：「『熏』本爲煙火之熏，日之將入，其色亦然，故謂之熏黃，《楚辭》猶作纁黃，或加日焉。帛色之赤黑者亦然，故謂之熏，或加糸與衣焉。飲酒者酒氣酣而上行，亦謂之熏，或加酉焉。」〔註6〕戴侗說「或加某焉」，則有不加者，「曛」「纁」「醺」皆只作「熏」，其後形聲相益，孳乳而浸多，分而爲四。

3.相似類比滋生也可以無本字的源詞爲基點，無本字的源詞借音同或音近的字來記錄，記錄滋生詞的形聲字的聲符則爲借字。如：

音：倍、培、陪

倍，《集韻》：「加也。」《正字通》：「財物人事加等曰倍。」培，《說文》：「培墩，土田山川也。」段注：「封建所加厚曰培敦……引申爲凡裨補之俌。」《禮記・中庸》：「故栽者培之。」鄭注：「培，益也。」陪，《說文》：「重土

〔註6〕戴侗《六書故》，上海社會科學院出版社，2006年，17頁。

也。」

音，《說文》：「相語唾而不受也。」無「增益」義。「音」當借爲「皮」，「皮」聲含「增益」義，如「賊」「髮」等。〔註7〕「音」「否」本一字，「否」爲「不」的後起字。〔註8〕丕、皮通。《史記・高祖功臣侯者年表》：「（隆慮）以長鈹都尉擊項羽，有功，侯。」鈹，《漢書・高惠高後文功臣表》作鉌。「丕」「皮」通，「丕」「不」一字之分化。

音：剖、筶、節、耠

剖，《說文》：「判也。」筶，《說文》：「竹筶也。」徐灝《注箋》：「筶之言剖也，言其籜解也。」節，《說文》：「茹爰也。」《玉篇》：「節，竹牘也。」牘，《說文》：「書版也。」《論衡・知量篇》：「斷木爲槧，析之爲版。」節爲竹牘，當析竹謂之，有「判分」義。耠，《玉篇・耒部》：「耕器，耜屬。」《廣雅疏證・卷九下》：「耠，耕。」王念孫云：「耠之言剖也。」「音」亦當借爲「皮」。《廣雅疏證・卷九下》：「鈹、鑼，耕也。」王念孫云：「鈹之言披也，披開也。《玉篇》鈹或作畷，云『耕外地也。』鑼，猶鈹也。」「耠」「鈹」「鑼」聲近義同，當由「皮」滋生。

以上兩組從「音」得聲的形聲字分別含「加被」義和「判分」義，然「音」無以上二義，當假借爲「皮」，「皮」含「加被」「判分」義。

第二節　相關聯想滋生促使形聲孳乳

我們所謂的相關聯想滋生任繼昉先生稱之爲「關聯孳乳」。指「一個事物已有了名稱，與這個事物密切相關的其他事物也可以因此而得名。」〔註9〕

相關聯想滋生不如相似類比滋生普遍，但也不乏其例。相關聯想滋生往往形成成對的同源詞，而不能像相似類比滋生那樣以某一核心義素爲中心滋生出一批同源詞。

此類同源詞甚多，略舉兩例如下：

〔註7〕詳參楊樹達《積微居小學金石論叢・釋贈》，中華書局，1983年。

〔註8〕于省吾云：「甲骨文無否字，以不爲否，否乃不的後起字。」「否與音本爲同字，後來分化爲二。」見《甲骨文字釋林》，中華書局，2010年，394頁。

〔註9〕任繼昉《漢語語源研究》（第二版），重慶出版社，2004年，101頁。

耳：珥

珥，《說文》：「瑱也。從玉、耳。耳亦聲。」《列子・周穆王》：「施芳澤，正峨眉，設垂珥。」張湛注：「珥，瑱也。冕上垂玉以塞耳。」珥是用來「塞耳」的，因與耳相關而得名。因其功用爲塞耳，故又謂之「瑱」。瑱，《說文》：「以玉充耳也。」《詩・鄘風・君子偕老》：「玉之瑱兮。」毛傳：「瑱，塞耳也。」

含：琀

「琀」是古代含在死者口中的珠玉。《說文》：「琀，送死者口中玉也。」將珠玉放在死者口中，使之含。與「含」的狀態有關，所以滋生出「琀」。

如此之類還有虎：琥；魚：漁；藻：璪；冒：瑁等。

第三節　引申分化滋生促使形聲孳乳

「詞義的引申運動引起語詞多義，出現了多種用法，產生了多義詞，語詞的載義負荷需要減輕，一部分多義詞又分化出新詞，具有不同語法功能的用法也要各自獨立，產生了滋生詞。」〔註10〕我們認爲，除了語詞的載義負荷需要減輕這一要求外，還有語詞表義明晰化的要求以及形聲造字爲記錄新詞提供了可能等因素促成了語詞的分化。因爲分化之前，滋生詞寓於源詞之中，它們表現爲同一語音形式，字形也相同。分化之後許多源詞和滋生詞也只是字形上的區別，所以我們這裡要強調形聲記詞方式。

語詞滋生分化與相似類比滋生一樣，也是相當普遍的。但是很多人將這兩類等同起來或者模糊它們的界限。誠然，要對它們加以區分確實存在難度，因爲詞義引申與類比滋生最初都是形成一字多義的現象，而且這些字後來又分別發展爲由它們孳乳出來的形聲字的聲符，但我們應該將這兩種滋生方式區別開來，前者爲詞義引申分化，後者爲同理據造詞。同時，還要把詞義引申分化與語詞滋生區別開來，因爲我們已經看到，詞義引申分化只是語詞滋生方式之一。

臭：嗅（齅）、殠

臭，《說文》云：「禽走臭而知其跡者，犬也。」段注云：「走臭猶言逐氣。犬能行路蹤跡前犬之所至，於其氣知之也，故其字從犬、自。自者，鼻也。引

〔註10〕王衛峰《上古漢語詞彙派生研究》，百家出版社，2001年，80頁。

伸假借爲凡氣息芳臭之稱。」「臭」本義爲聞。《集韻·宥韻》:「臭,逐氣也。」《荀子·禮論》:「成事之俎不嘗也,三臭之不食也。」楊倞注:「臭,謂歆其氣。」「臭」由聞義引申爲氣味之總稱,《大學》「如惡惡臭,如好好色」,即其義。後來其意義又縮小爲專表「臭味」,曹植《與楊德祖書》:「蘭茝蓀蕙之芳,眾人之所好,而海畔有逐臭之夫。」因事物腐敗而散發臭氣,「臭」義引申爲「腐敗」義。《周禮》:「蟈氏掌除蛙。」鄭玄曰:「蟈,骨肉臭腐,蠅蟲所蟈也。」臭腐連言,臭、腐同義。

嗅,《說文》所無。《玉篇·鼻部》:「齅,《說文》:『以鼻就臭也。』亦作嗅。」嗅,齅同。因「臭」引申出以上諸義,其載義負擔過重,故造成引申分化,孳乳出嗅、齅二字記錄其本義。「臭」則用以記錄「凡氣息芳臭之稱」這一引申義。由「凡氣息芳臭之稱」引申而來的「惡臭」義造專字「殠」記錄。由「惡臭」義引申的「腐敗」義無專字,仍以「臭」記錄。

殠,《說文》云:「腐氣也。」段注云:「《廣韻》曰:『腐臭也。』按臭者,氣也,兼芳殠言之。今字專用臭而殠廢矣。《儀禮·釋文》引《孟子》:『飯殠茹菜。』《楊敞傳》:『冒頓單於得漢美食好物,謂之殠惡。』《楊王孫傳》:『其穿下不亂泉,上不泄殠。』」

該例不僅讓我們看到了詞義引申分化對形聲孳乳的推動作用,同時也看到形聲孳乳對語詞滋生的鞏固作用。由於「凡氣息芳臭之稱」義和「腐敗」義始終沒有孳乳新字來記錄,這可能是導致了它們在本意義系統中消失的原因。

第四節　語音變易滋生促使聲符的替換

「語音變易是指由語音的共時性和歷時性的自然變化而引起的語詞滋生。語詞的語音變易導致『同實異名』,表示相同意義內容的語詞,由於語音轉變產生分歧,它們便成爲同義詞。」[註11] 語音變易滋生不易形成同聲符的同族字,卻往往形成同意符而不同聲符的形聲字,因爲它們都是替換源字聲符而成,如「藚」「蕘」「藪」「蓲」「薜」「菲」「馥」等字均一聲之轉。這類音轉詞對詞族的研究有兩方面的作用:一、它們本身同源;二、它們的聲符讀音相同或相近,爲同源聲符的系聯提供語音線索。

〔註11〕 王衛峰《上古漢語詞彙派生研究》,百家出版社,2001 年,83 頁。

　　上面談到的形聲字都是在源字上綴加形符而成的，但並不是說形聲字的產生方式只有綴加形符一途，「殷商時期，形聲結構已發展到自覺的階段，出現注形形聲字（祝、祖、唯）、注聲形聲字（風、星、盧）和形聲同取形聲字（沮、狙、祀）三種類型」。〔註12〕由於該節旨在說明語詞滋生與形聲孳乳之間的密切關係，所以另外兩種略而不談。

　　詞彙滋生引起了同源詞的族聚，增強了詞彙的系統性，語詞滋生的結果是產生同源詞。文字系統往往以同聲孳乳的方式回應，即謂詞彙的滋生會引起文字的孳乳，從而產生形聲字。這些形聲字在源字上綴加部件或改換形聲字形符孳乳而來。我們研究聲符義是因為其有示源功能，實際上即研究形聲字聲符所統轄的同源詞。因此我們在這裡只對以上兩種孳乳方式形成的形聲字加以研究。形聲字產生的途徑裘錫圭先生的《文字學概要》論述較為周詳，他認為主要有以下四種途徑，一、在表意字上加注音符；二、把表意字字形的一部分改換成音符；三、在已有的文字上加注意符；四、改換形聲字偏旁。〔註13〕加注和改換音符只是在源字上加注或替換與源字讀音相同或相近的字，音符只起標音作用，所以這一部分形聲字並不是我們的研究對象，後面的研究中將不再涉及。與我們的整個研究相關的只有通過三、四兩種途徑產生的形聲字，第四種又是在已有形聲字的基礎上進行，所以也不是我們這裡要討論的對象，因此這裡要討論的只有在已有的文字上加注意符而產生的形聲字。

〔註12〕黃德寬《漢字構型方式——一個歷時態演進的系統》，《安徽大學學報》（哲學社會科學版），1994 年第 3 期。

〔註13〕詳見裘錫圭《文字學概要》，商務印書館，2004 年，151～156 頁。

第三章　聲符示源諸問題

第一節　引　論

　　聲符示源是指「聲符顯示形聲字所記錄的詞的源義素的作用」。〔註1〕「源義素即派生詞的構詞理據，它是在源詞分化出派生詞的過程中由源詞帶給派生詞的一種『傳承信息』。」〔註2〕與「聲符示源」這一術語類似的提法尚有不少，如「『聲符表義』、『聲符兼義』、『聲符帶義』、『會意兼形聲（亦聲）』、『形聲兼會意』。」〔註3〕曾昭聰先生認爲「聲符示源」最能體現聲符的功能〔註4〕，我們同意曾先生的看法。因爲以上諸提法中的「義」不能準確表達「源義素」的特性，正是由於這一點，章太炎才有「六書殘而爲五」的慨歎。事實上，「右文說」與《字林》之流的拆字釋義是完全不同的。右文是從諧聲字組中歸納出「源義素」，並沒有改變形聲的格局，而《字林》則是將形聲字兩部件的詞彙意義組合起來解釋字義，即將形聲字的聲符也當做意符，如此則「六書殘而爲五」。

〔註1〕 李國英《小篆形聲字研究》，北京師範大學出版社，1996年，31頁。

〔註2〕 李國英《小篆形聲字研究》，北京師範大學出版社，1996年，31頁。

〔註3〕 曾昭聰《形聲字聲符示源功能述論》，黃山書社，2002年，3～4頁。

〔註4〕 曾昭聰《形聲字聲符示源功能述論》，黃山書社，2002年，3～4頁。

關於聲符是否有兼義，各家有不同的看法。曾昭聰先生歸納爲以下四種：
「(一) 聲符是表音成分，與意義無關；(二) 聲符絕大多數只起標音作用，少
數聲符偶然兼表意義；(三) 凡聲符皆兼義；(四) 聲符的示源作用不是個別現
象，而是聲符具有的一種重要功能。」〔註5〕聲符的示源功能是其最深層、最本
質的功能，不承認聲符的示源功能不僅不利於對聲符性質的認識，也不利於詞
源的研究。在右文說的啓示下，宋人王觀國提出「字母說」，戴侗繼承發展「字
母說」，黃承吉作《字義起於右旁之聲說》，段玉裁歸納出「凡某聲之字多有某
義」，朱駿聲作《說文通訓定聲》，劉師培作《字義起於字音說》等均是對聲符
示源功能的肯定。然而，雖然有如此多的成功之作，卻仍有人懷疑聲符的示源
功能。究其原委，實則在於研究者沒有跳出文字研究的世界，這一點我們將在
後面談到。

我們認爲聲符的示源性還是一個需要積極探討的問題。

最先產生的形聲字應該是在原字上加注形符分化而成的。我們知道，「早期
的形聲字不是直接用意符和音符組合成，而是通過在假借字上加注意符或在表
意字上加注音符而產生的。」〔註6〕

有些學者認爲早期的會意字中出現了「聲符表義」的萌芽。如：「魚漁」「酉
酒」「田畋」等等。這樣的字「流傳到《說文》時被稱作結體象意的『亦聲』字，
形體雖有變化，但結構性質沒變，這種字的起源甚古，形符聲符尚未獨立，仍
包孕於會意字的母體中」。〔註7〕事實上「魚漁」「酉酒」「田畋」之類的產生，
是相關聯想滋生的結果，從字形上分析，各組中後者均爲形聲字，但它們的會
意性是毋庸置疑的。記錄相關聯想滋生成果的形聲字都具有明顯的形聲兼會意
的特點，我們重點討論此種情況之外的形聲字。

一般認爲在源字上加注表意義類屬的形符，形符表義，源字表音，形聲字
就產生了。我們認爲這一現象仍值得深入分析。早期形聲字的人們所謂的形符、
聲符的作用在結合之初並沒有規定性，即人們並沒有一開始就規定源字記音，

〔註5〕曾昭聰《形聲字聲符示源功能述論》，黃山書社，2002年，9～11頁。

〔註6〕裘錫圭《文字學概要》，商務印書館，2004年，151頁。

〔註7〕李恩江《從〈說文解字〉談漢語形聲字的發展》，《語言學論叢》(第三十二輯)，
商務印書館，2001年。

新增偏旁表義。在綴加形符之前，源字本身是一個自足的意義載體，形符的綴加只是爲了使源字所承載的各意義獨立開來，同時使各意義更爲顯豁。因此，聲符是源、是根，它既是意義的載體，也是聲音的載體。聲符的兩種功能中又以前者爲本，李國英先生說：「由於同源詞之間語音必然相同或相近，具有示源功能的聲符，其語音也必然與形聲字的語音相同或相近。因此，示音功能只是示源功能造成的一種客觀結果，是由示源功能派生出的附帶功能。」〔註8〕聲符示源的本質屬性黃承吉已經發現，黃永武先生撮取黃承吉《字義起於右旁之聲說》之大恉，其二爲：「形聲字之義原寓於右旁之聲，不可但謂之形聲兼會意。」並申之說：「黃氏之意，謂形聲字之義原寓乎右旁之聲，右旁之聲既爲形聲字之初文，不必據與左旁之目之跡，故不可謂『形聲兼會意』，蓋形聲兼會意者，僅謂右旁之聲兼字義之半而已。」〔註9〕唐蘭說：「孳乳的方法，是由一個語根作聲符，而加上一個形符來作分別的，主要的意義在聲符，從文字的形體上看雖有差別，在語言裡是完全一樣的。」〔註10〕聲符本爲載義主體，後加之形符不過是起區別作用同時兼起提示意義的作用而已，兩個載義成份合而爲一則是會意字。黃侃先生說「形聲字之正例必兼會意」，這與我們的觀點是一致的。所以會意是第一性的，形聲是第二性的。還有一點我們必須強調，即第一性的「會意」也是人們分析的結果，因爲原字的功能遠不止標音兼表滋生詞的部分意義，而是記錄了滋生詞的全部意義。所以姚孝遂先生說：

> 從廣義方面來說，所謂形聲字的「形符」，也是一種區別符號，以便於「以類相從」。在實際運用過程中，所謂「形聲字」的「形符」部分，對於一般使用這種符號的人來說，根本不能起到什麼「表意」的作用。〔註11〕

> 作爲對文字形體結構的說明和解釋，把偏旁的組合分爲形符和聲符，這是可以的。但是，嚴格地說起來，所謂「形符」，就其實際

〔註 8〕 李國英《小篆形聲字研究》，北京師範大學出版社，1996 年，62 頁。

〔註 9〕 黃永武《形聲多兼會意考》，文史哲出版社，1985 年，33 頁。

〔註10〕 唐蘭《中國文字學》，上海古籍出版社，2006 年，79 頁。

〔註11〕 姚孝遂《古漢字形體結構及其發展階段》，《姚孝遂古文字論集》，中華書局，2010 年。

作用來說，也是屬於區別符號的性質。〔註12〕

如甲骨文「遘」由「冓」這一形體所滋生，實際上加不加「止」或「彳」都不影響「冓」表示「遘」這個概念，也不影響「冓」讀「遘」這個音。

由此可見，諸家均已認識聲旁的地位，即聲符單獨記錄了由其滋生的詞的全部意義，而不需要形符的介入。因此，有人將形符的綴加看做形體上的贅餘。如此，則同一個字形記錄了多個意義相關、相近或語音相同、相近的多個語詞，我們可以稱之為同形字。形符的綴加最直接的動機應為區別字形，其次才是將聲符形體所不能表現的意義內涵顯現出來。姚孝遂先生說：「嚴格地說來，所有形聲結構的形符，實際上都是一種區別符號。」〔註13〕人們開始對文字進行研究時，「右旁之綱」已經加上「左旁之目」而為同聲符的形聲字組了，所以人們很容易將形符所表的類屬義從聲符中剝離出來，聲符便只表部分意義了，這些綴加形符的字便成了現在所謂聲符兼義的形聲字。

第二節　以詞義結構與形聲結構的對應性明聲符兼義

「從古代訓詁來看，詞源學上的詞義結構是兩分的。古代訓詁有很大部分是從意義結構分析的角度而做出的。」〔註14〕在很大程度上反映漢語派生過程的形聲字的結構，意符與音符的兩合，也能說明同源詞意義結構是由兩部分組成的。「《說文》的訓釋既注意意義結構的特點，又與對漢字形聲結構的分析相一致，尤其著重對兩部分內涵的分析。」〔註15〕

我們認為，形聲字的產生是一種折衷，它暫時解決了漢語語詞以單音節為主與交際需要更多語詞的矛盾。張博先生對這一現象有很深刻的認識，她說：

> 對於上古漢語來說，詞彙的單音節性以及音節結構形式的有限
> 性圍限了它憑藉語法手段標示新詞以區分相關概念的能力。怎樣克
> 服觀念上區分相關概念的要求和語言難於滿足這一要求的矛盾？漢
> 語的解決途徑是，在記錄語言詞彙的書寫符號系統中尋找補償。即

〔註12〕姚孝遂《古文字的符號化問題》，《姚孝遂古文字論集》，中華書局，2010 年。

〔註13〕姚孝遂《甲骨文形體結構分析》，《姚孝遂古文字論集》，中華書局，2010 年。

〔註14〕黃易青《上古漢語同源詞意義系統研究》，商務印書館，2007 年，132 頁。

〔註15〕黃易青《上古漢語同源詞意義系統研究》，商務印書館，2007 年，135 頁。

通過在原有字形的基礎上增添或改換表示類屬義的形符來造新字，

用以記錄和區分表示相關概念的同族詞。〔註16〕

事實上聲符本身已經記錄了一個合成詞的意義，形符的綴加使這一實質更爲明瞭，其兩個部件都是語素，我們認爲這是傳統訓詁學將意義結構兩分的原因。最明白易曉的例子如：驂，駕三馬也。駟，一乘也。一乘指一輛車四匹馬。犙，三歲牛；牭，四歲牛。王力先生說：「漢語滋生詞和歐洲語言的滋生詞不同。歐洲語言的滋生詞，一般是原始詞加後綴，往往是增加一個音節。漢字是單音節的，因此，漢語滋生詞不可能是原始詞加後綴，只能在音節本身發生變化，或者僅僅在聲調上發生變化，甚至只有字形不同。」〔註17〕可見，王力先生已經注意到這個問題，他的意思即謂漢語的一個音節表示了與歐洲語言相應的多音節的附加式合成詞。形聲字是單音節的，但它由兩部分組成，它當然也可以記錄相當於歐洲語言中的合成詞的漢語滋生詞。王衛峰先生更明確指出「漢字的部首在構詞價值上相當於印歐語言的詞綴」。〔註18〕楊樹達先生在其《中國文字學概要》中討論會意字時將會意字分爲以名字爲主之會意、以動字爲主之會意、以靜字爲主之會意等，又有動賓會意、狀靜會意等小類，這明顯是將會意字的部件看做合成詞中的語素。〔註19〕可見，早期形聲字的各部件也相當於合成詞的語素。黃易青先生在其著作《上古漢語同源詞語義系統研究》中有有關詞義結構二分的較爲詳細的論述〔註20〕，故這裡不再重述。

既然形聲字的部件各相當於合成詞的語素，聲符記錄了滋生詞所從滋生的源詞，那麼聲符當然是有意義的。

第三節　綴加意符明假借義的形聲字

這裡我們將探討綴加意符明假借義的形聲字的聲符的示源性。在假借字上

〔註16〕 張博《漢語同族詞的系統性與驗證方法》，商務印書館，2003 年，139 頁。

〔註17〕 王力《同源字典·漢語滋生詞的語法分析》，《王力文集》卷八，山東教育出版社，1992 年，58 頁。

〔註18〕 王衛峰《上古漢語詞彙派生研究》，百家出版社，2001 年，52 頁。

〔註19〕 詳見楊樹達《中國文字學概要》，上海古籍出版社，1988 年，139～202 頁。

〔註20〕 參見黃易青《上古漢語同源詞意義系統研究》，商務印書館，2007 年，132～137 頁。

加注部件分化字形即裘錫圭先生所謂的本字後造的假借字。此類形聲字的聲符的意義與形聲字的意義找不到聯繫，因而該類聲符的示源性常常得不到研究者的承認。我們認為假借聲符也有示源功能，但其示源作用比較隱晦，所以我們要多加注意。

一個字假借用來記錄一個與該字讀音相同或相近而意義無關的語詞，這時它所表現出的意義為假借義，作為一個記錄語詞的符號，我們完全可以將假借義看做它的一個義項，因為在文獻中，它確有這個義項。如「戚」，《論語‧述而》「小人長戚戚」中，其意義就是「慼」，並且在其他需要表達「慼」這個意義的時候，我們都以「戚」字來寫，字形與意義之間的聯繫是較為固定的，我們恐怕不能說「慼」不是「戚」字的一個義項。姚孝遂先生在多篇文章中強調甲骨文字是標音符號〔註21〕，既然文字是符號，所有同音的語詞我們只用一個符號來寫也是言之成理的。而且，並非所有的假借我們都能在文獻中找到其痕跡。假借義與漢字形體所表現出來的意義的區別在於前者僅以其音與其所記錄的語詞發生聯繫，後者以其音及其形所反映的意義與其所記錄的語詞發生聯繫。但無論如何，文字所記錄的語詞的意義是否與其形體相關都不影響它記錄多個詞語的事實。既然一個漢字記錄了多個語詞，它當然就有多個意義，其中就包括假借義。裘錫圭先生說：「構成會意字的意符既可以是形符也可以是義符。」〔註22〕這裡的假借字完全可以看做義符，那麼這些後造本字完全可以看做會意字。王筠也將聲符假借的形聲字看做形聲兼會意。張玉梅將王筠認為是形聲兼會意的形聲字歸納為幾種一般公式，其中公式3為：聲旁（標音亦表義，用假借義）＋形旁（表意）。如「禳」：「禳從襄聲。詩：不可襄也。傳：襄，除也。與『禳，除癘殃也』義正合。而只言襄者，以除乃襄之借義也。」〔註23〕顯然「襄」藉以表「除」義，在表「除」義的後起形聲字中，王筠認為「襄」仍表義，其意義為假借義，這正和我們的認識相契合。所以聲符表假借義的形聲字我們同樣可以看做會意字。裘錫圭先生說：「這些形聲字大概都是在母字上加注意符以表示其引申義的分化字，至少它們所表示的意義沒有問題是充當它

〔註21〕 詳見姚孝遂《姚孝遂古文字論集》，中華書局，2010 年。

〔註22〕 裘錫圭《文字學概要》，商務印書館，2004 年，122 頁。

〔註23〕 張玉梅《王筠『形聲兼會意』論述》，《古漢語研究》，2010 年第 1 期。

們的聲旁的那個字的引申義（這可以是那個字的本義的引申義，也可以是那個字的常用的假借義的引申義，例如{鈁}就是「方」字的假借義方圓之{方}的引申義）。」〔註24〕從裘先生的分析中，我們可以看到假借聲符同樣載義。黃永武說：「劉氏（師培）之謂『諧聲之字必兼有義』，並非置形聲字中字根假借者於不顧，實乃以字根假借者亦爲兼義也。」〔註25〕以上觀點都認爲假借聲符亦兼義。

　　我們認爲假借聲符有載義功能。要知道文字是記錄語詞的符號，我們不可過於拘泥於其形體所傳達的意義，「胃」在金文、帛書中就可以記錄意義爲「謂」的語詞〔註26〕，誰說「謂」不是「胃」這個符號所承載的一個義位呢？

　　以上討論的是分化字記錄假借義的情況，分化字記錄本義的情況就更容易瞭解了，源字與孳乳字意義相同，其聲符的意義即源詞的意義，新增形符使意義更加明晰，其會意的性質是毋庸置疑的。

　　討論完在假借字上加注形符形成的形聲字的性質之後，在表意字上加注形符的後起字的性質則更爲易曉了。這類後起字或記錄源詞意義或記錄源詞的引申義。裘錫圭先生說：「如果在某字上加注意符分化出一個字來表示這個字的引申義，分化出來的字一般都是形聲兼會意字。有義的聲旁主要就是指這種字的聲旁而言的。」〔註27〕裘錫圭先生這裡所說的引申義包括我們所說的「相似類比滋生」「相關聯想滋生」和「語詞分化滋生」三種方式滋生出的語詞的意義。他的觀點是極正確的，但是我們認爲在某個字上加注意符分化出一個字來表示這個字的本義，分化出來的字也是形聲兼會意，不應遺漏，這種分化字的會意性是毋庸置疑的。黃永武先生在總結黃承吉《夢陔堂文集》中有關「右文」的論述時，認爲「形聲字之義原寓於右旁之聲，不可但謂之形聲兼會意」爲黃承吉的一大理論主旨，並解釋說：「黃氏之意，謂形聲之字之義原寓乎右旁之聲，右旁之聲即爲形聲字之初文，不必拘於左旁之目之跡，故不可謂『形聲兼會意』，蓋形聲兼會意著，僅謂右旁之聲兼字義之半而已。」〔註28〕雖然黃氏「形

〔註24〕裘錫圭《文字學概要》，商務印書館，2004 年，175 頁。

〔註25〕黃永武《形聲多兼會意考》，文史哲出版社，1985 年，45 頁。

〔註26〕詳見裘錫圭《文字學概要》，商務印書館，2004 年，182 頁。

〔註27〕裘錫圭《文字學概要》，商務印書館，2004 年，175 頁。

〔註28〕黃永武《形聲多兼會意考》，文史哲出版社，1985 年，33 頁。

聲之字之義原寓於右旁之聲」的說法是不完全正確的，〔註29〕但他確實認識到聲符對形聲字的意義的貢獻。

如上所說，聲符本來就是一個有意義的成分，那麼聲中有義便是理所當然的了。

第四節　聲符研究的正確角度——語言學視角

在第一章中，我們指出研究者們「未將文字學上的聲符與詞源研究中的聲符區分開來」，從而導致了各家對聲符表義與否的分歧。

從文字學的角度，只承認記錄引申義的分化字的聲符表義，這是完全正確的。從詞源學的角度，認為「凡形聲字之正例必兼會意」，亦為真知灼見。二者研究視角與志趣都不同，所以，詞源研究者不能因為文字學者的結論而自亂了陣腳。黃德寬先生對這兩個領域的區別作了相當精到的描述，他說：

> 因孳乳關係而遺留下來的「聲」（符）中含義，與聲符記錄語音
> 從而記錄語言的「義」（概念），屬於兩個不同層次，應該區別對
> 待。因此，我們認為應將文字學中「聲」（符）中含義的討論限制在
> 極小的範圍內（討論孳乳關係、字源問題），並與屬於語言學範疇的
> 聲（音）義關係的研究嚴格區分開，這有利於避免研究工作中認為
> 的混亂。〔註30〕

他所謂「語言學範疇的聲（音）義關係的研究」即詞源研究。詞源研究不能囿於聲符的字形，而應該形聲並重。求諸形能探明語源則據形系聯，求諸形不可得則求諸聲，這才是利用聲符研究詞源的正道。事實上，這正體現了「右文」與「因聲求義」的結合。黃德寬先生同樣看到了這一點，他說：「訓詁學中的『以聲（符）為義』說，正是對『右文說』合理因素的擴充和發展，後來又發展到『聲（音）近義通』與語源學的研究，這都已超出了文字學討論的範圍。」〔註31〕

〔註29〕右旁之聲（源詞）的意義和滋生詞的意義不可能完全相同，滋生詞的限定義素往往多於源詞，故而新詞之意義不可能完全寓於右旁之聲之中，而是相關或核義素相同。

〔註30〕引自郝士宏《古漢字同源分化研究》，安徽大學出版社，2008年，44～45頁。

〔註31〕引自郝士宏《古漢字同源分化研究》，安徽大學出版社，2008年，44頁。

　　詞源研究的理論基礎在於語詞的音義關係，而不是形義關係。當然，我們並不是說完全摒棄聲符的形，而是如上所說，應該形音並重。因爲字形的形同是眼所能見的外在的同，據形系聯更直接方便，而聲音的同由於歷時或共時的演化而變得隱晦難明。只有明白了上述道理，我們才不會再在聲符是否表義的問題上爭論不休了。

　　我們對形聲字聲符的研究不能宥於形體，而應該自覺將其納入詞源研究的範疇。要做到這一點，我們必須突破字形的束縛，以文字所記錄的語詞的語音與意義爲基礎去更廣闊地發掘同族詞，從而將聲符的示源作用最大化。歸根結底，我們要從語言學的角度研究聲符示源問題。

小　結

　　幾乎所有學者都將形聲字聲符分爲含義與不含義兩種。從語詞滋生的角度來看，凡滋生階段產生的單音節語詞必有其所從滋生的源詞，它承襲了源詞的所有或部分意義及其語音形式，至於文字形體，有無聯繫皆可。如此說來，任何形聲字的聲符都通過其形體或讀音記錄了它所記錄的語詞的滋生理據，聲符單用時的意義與語詞滋生理據不相涉時，便是聲符假借，即以其音載義。

　　黃永武說：「變易孳乳，音義相關，故形聲之字，或義由音衍，或義含於聲（原注：義含於聲即假同音之字以爲聲母），雖聲母無義可說，其語根必有義可尋也。」〔註32〕黃侃於《說文略說‧論變易孳乳二大例下》中說：「三曰：後出諸文，必爲孳乳，然其詞言之根柢，難於尋求者也。」〔註33〕章太炎說：「古字至少，而漢代孳乳爲九千，唐宋以來，字至二三萬矣。自非域外之語，字雖轉繁，其語必有所根。蓋義相引申者，由其近似之聲轉成一語，轉造一字。此語言文字自然之則也。」〔註34〕依上述觀點，聲符皆有義可尋。只要一詞有源可溯，且其書寫符號爲形聲字，我們便認爲聲符含詞源意義。有些學者認爲擬聲形聲字的聲符不表義，如黃永武等。事實上，此類聲符直接提示命名之由，黃先生認爲該類聲符不表義完全是因爲無法紬繹出「最大公約數性質的意義」，這

〔註32〕黃永武《形聲多兼會意考》，文史哲出版社，1985年，48頁。
〔註33〕黃侃《黃侃論學雜著》，中華書局，1964年，8頁。
〔註34〕章太炎《國故論衡》，《章氏叢書》，浙江圖書館校刊，1917〜1925年。

是囿於傳統「右文說」的見解。

　　從詞源學的角度，聲符是有示源功能的。就聲符本義與從其得聲的形聲字的意義之間的關係來說，可以將聲符劃分爲兩類，即「音節即本義者」「音節僅借音者」。從詞源學的角度，可以將所有與從其得聲的形聲字的意義不相關的聲符都看做後者。黃焯說：「凡形聲字所從之聲，未有不兼義者。其有義無可說者，或爲借聲。」〔註35〕即此意。

　　總之，我們認爲，認爲聲符無義、無示源性，這無異於認爲該語詞無所從滋生之源詞。前賢時彥所認爲的聲符無義的形聲字，它們中的大部分聲符是有義可尋的，只是我們目前還沒探明它們的語源而已。至於沈兼士所謂「無本字者」，只要該語詞是滋生詞，我們仍然認爲其聲符有示源作用。

〔註35〕轉引自楊光榮《詞源觀念史》，巴蜀書社，2008 年，193 頁。

第四章　對「語源義」的質疑

　　「語源義」對於詞源研究者來說並不陌生，這一術語產生了較爲廣泛的影響。殷寄明先生致力於漢語詞源的研究，著作頗豐，撰有《語源學概論》《漢語語源義初探》《形聲字聲符義集釋》《漢語同源字詞叢考》等語源學專著，爲漢語詞源研究做出了突出貢獻，他賦予了「語源義」新的內涵。

　　「語源義是漢民族在文字產生之前的原始語言和後世口頭語言中的詞語，通過已有文字記錄，曲折地顯現在書面語言詞彙實詞系統中的一種隱性語義。」[註1] 殷先生說：「尤其值得重視的是，聲符所承載的語義以語源義爲最多，筆者曾就語源義問題做了專門的探討，寫成《漢語語源義初探》一書，對前人的聲符義觀點做了些補充。」[註2] 我們認爲「語源義」的提出主要是爲了方便聲符示源的研究。正因如此，以聲符示源爲主要研究志趣的曾昭聰先生才在其專著中接受了殷先生的「語源義」理論。

　　殷先生說「聲符所承載的語義以語源義爲最多」，而我們的研究主旨正在於探明聲符載義的規律及其對詞源研究的重要意義，所以「語源義」與我們的研究密切相關。在閱讀殷先生與曾先生有關「語源義」的論著的過程中，偶有不同意見，故不揣淺陋，一一道出，以就教於方家。

〔註1〕殷寄明《漢語語源義初探》，學林出版社，1998 年，35 頁。

〔註2〕殷寄明《漢語同源字詞叢考》，東方出版中心，2007 年，2 頁。

第一節 「語源義」立論之本的問題

「語源義是漢民族在文字產生之前的原始語言和後世口頭語言中的詞語，通過已有文字記錄，曲折地顯現在書面語言詞彙實詞系統中的一種隱性語義。」〔註3〕

該定義的立足之基在於語言中的語詞有無本字，有本字的語詞沒有語源義，無本字的語詞的意義要通過借字表現出來，它的意義是語源義。殷先生說：「本義和語源義具有本質上的差異。本義是與本字、本音緊密結合在一起、直觀地見諸書面形式的語義，是顯性語義；語源義則是音義的直接結合體，文字只起記音作用，它是一種隱性語義。」〔註4〕由此我們更能看到先生的立言之本——有無本字。

語詞本來屬於口頭語言的，雖然後出的文字對語言的發展產生了很大的影響，但我們不能因為這些影響而忽視語言的本質。語源義將有本字的語詞和無本字的語詞強生分別，殷先生過於強調文字的作用。「本義」是指通過文字形體表現出來的直觀的詞義，如此，則沒有本字的語詞便無本義可說，這類語詞的意義便是「語源義」。《漢語語源義初探》一書說道：「語詞的本義與其本字、本音三位一體，從書面上看，因有文字形體媒介，本義是直觀的、清晰的、明確的。語源義雖然也憑藉文字媒介表現出來，但它是義、音的直接結合體，文字的作用是間接的、曲折的，所以，通常表現為一種模糊性語義。」〔註5〕那些沒有文字系統的語言有意義清晰、明確的語詞嗎？在文字產生之前，那些在文字產生之初便有專字記錄的語詞與沒有專字記錄的語詞一樣，是音義的結合體，是語言發展的產物。若說那些無本字的語詞的意義為來源於原始漢語的語源義，那麼為何那些有專字的語詞的意義又不是來源於原始漢語的語源義呢？有無文字的記載並沒有給語言的符號——音義結合體帶來能改變其本質的影響。那些至今沒有發展出文字體系的語言仍然在被使用，他們的語言也同樣滋生新詞以滿足交際的需要。他們語言中語詞的意義豈不是全部來自原始語言中的語源義？因為他們語言中的語詞都沒有文字記錄。我們認為，有本字的語詞與無

〔註 3〕 殷寄明《漢語語源義初探》，學林出版社，1998 年，35 頁。

〔註 4〕 殷寄明《漢語語源義初探》，學林出版社，1998 年，35 頁。

〔註 5〕 殷寄明《漢語語源義初探》，學林出版社，1998 年，60 頁。

本字的語詞的意義都是以義項爲單位的，沒有本質的區別。其實，它們都是從原始積累階段所形成的詞的基礎上滋生而來的。書中更有可用以支持我們觀點的論據：

> 劉賾《聲韻學表解・敍》：「蓋先民之世，文字未作，以音表義。」
> 陳澧《說文聲表・序》：「上古之世，未有文字，人之言語，以音表義。」法國的安托萬・阿爾諾曾在《普通唯理語法》中寫道：「詞可以定義爲人們用作符號來表達思想的清晰而成音節的聲音。」說明詞的口頭形式具有獨立載義的功能。〔註6〕
>
> 同樣，語詞的口頭形式也是獨立地載義、達意的。文字產生之前，遠古先民的語言交流依靠的是成一定音節的語音，無從考慮語詞的書面形式；文字產生以後的日常口語交流，說話人通常也不去考慮自己所運用、操作的詞語在書面上是如何書寫的；不識字的文盲也照樣有操作語言的能力，原因也在語音可以獨立表義。〔註7〕
>
> 詞語的兩種形式——書面形式和口頭形式都具有獨立載義的功能。〔註8〕

既然「口頭形式具有獨立載義的功能」，則文字產生之前後語詞均獨立載義，那麼有無本字就不足爲論了。

有無本字的區別對於語源義來說是很重要的，因爲這是它存在與否的關鍵所在。我們的觀點如上所述，有無本字都不影響語言符號的本質。故而，該定義之下的「語源義」恐怕是難成立的。

第二節　「語源義」混同詞彙義與字義

「語源義」混同了詞彙意義與文字意義。殷先生說：「漢語語詞的詞彙意義通常分爲本義、引申義、假借義、比喻義等類型。」〔註9〕殷先生將假借義看做詞彙意義的一種，顯然是不妥的。假借義只是字義的一種，它是文字借

〔註6〕　殷寄明《漢語語源義初探》，學林出版社，1998年，27頁。

〔註7〕　殷寄明《漢語語源義初探》，學林出版社，1998年，71頁。

〔註8〕　殷寄明《漢語語源義初探》，學林出版社，1998年，94頁。

〔註9〕　殷寄明《漢語語源義初探》，學林出版社，1998年，26頁。

用過程中出現的文字符號與語詞意義發生關係的現象。洪成玉先生說：「文字有假借，詞義不存在假借……假借只是文字問題，不是詞義問題，詞義不存在假借。」〔註10〕殷先生提出「語源義」的目的之一是「對詞彙學詞義類型的劃分作一補充」〔註11〕。他認為，「語源義普遍存在於漢語詞彙系統中，應該是詞義的基本類型之一。」〔註12〕並欲通過提出「語源義」來「對詞彙學詞義類型的劃分作一個補充」，這恐怕是不能達成的。「語源義」既然是「從書面語言詞義發生學角度提出來的」〔註13〕，實際上就是從字形與其所記錄的語詞的意義之間的關係的角度提出來的，那麼它便不是依照「詞彙學詞義類型的劃分」標準得出的一個詞義類型，因此不能進入這一系統。許威漢先生說：「本始義是指一個詞的本來的、原始的意義，相對於引申義、比喻義而言。」〔註14〕語詞的本義並不需要依託文字，文字字形只是探求語詞本義的部分依據。嚴學宭先生說依形析義「是解釋文字得形之由，而不是詞的本義和普遍意義」〔註15〕。

　　總之，詞彙意義不以文字為依託，以文字為立足點而提出的「語源義」不能進入詞彙學詞義類型系統。這一點，楊光榮先生已經指出，楊先生說：「他將『語源義』與本義、引申義、假借義、比喻義並列為『詞義的基本類型之一』則不妥。」〔註16〕同時，殷先生在論述中也存在一些矛盾，如他說：「語詞本義的結構中多有語源義成份，本義的推求必須與語源分析相結合。」〔註17〕語源義既是與本義並列的「詞義的基本類型之一」，「語源義」是「文字產生前的原始語詞和後世口頭語言中的語詞」的意義，那麼「語源義」本身是「詞義」，詞義是以義項為單位的，那麼語詞本義的結構中怎麼會多有語源義成分，語源義怎麼從本義的平級單位變為下級單位了呢？

〔註10〕 洪成玉《漢語詞義散論》，商務印書館，2008年，110頁。

〔註11〕 殷寄明《漢語語源義初探》，學林出版社，1998年，35頁。

〔註12〕 殷寄明《漢語語源義初探》，學林出版社，1998年，26頁。

〔註13〕 殷寄明《漢語語源義初探》，學林出版社，1998年，35頁。

〔註14〕 許威漢《漢語詞彙學導論》，北京大學出版社，2008年，226頁。

〔註15〕 引自許威漢《漢語詞彙學導論》，北京大學出版社，2008年，227頁。

〔註16〕 楊光榮《詞源觀念史》，巴蜀書社，2008年，268頁。

〔註17〕 殷寄明《漢語語源義初探》，學林出版社，1998年，201頁。

第三節　「語源義」對相關理論的疏忽

在研究某一問題的時候，對研究對象進行命名、定義，使之清晰化，是至關重要的。但是，「語源義」的提法我們並不贊成。

殷先生所說的語源義可分兩類，[註18] 我們先看第一類：

第一，寓於本字語音當中的語源義，它與本字記錄的語詞所指稱的事物的具體特徵有關，即語源義是原來本字本義的部分義素。曾昭聰先生所說的第一類是對殷先生的觀點的概括，殷先生說：

> 值得注意的是，語源義在很多情況下作爲義素存在於某個詞的義項中。一方面，它不像一個義項那樣指稱對象、範圍比較明確，而需要對這個義項進行構成分析才看得清；另一方面，語源義作爲義素，它所反映的往往不僅僅是某一客觀事物的某一性狀，而是相互聯繫著的某一些抽象屬性或狀態。[註19]

「語源義是原來本字本義的部分義素」，即語源義是聲符所表事物的某一特徵。他說：

> 定義中所說的語源義通過借字來記錄，也包括借用相關本字之情形。「通、筒」等有中空義，受諸甬聲，「甬」是中空的鐘，但中空、空義不是「甬」這個詞的本義和引申義，甬聲有空義，歸根到底是在口頭語言中「甬」這個音節已被約定承載空義，所以其性質爲語源義。[註20]

殷先生認爲，「中空、空義不是『甬』這個詞的本義和引申義，甬聲有空義，歸根到底是在口頭語言中『甬』這個音節已被約定承載空義，所以其性質爲語源義。」這一認識存在以下兩個問題：

一、忽視相似類比滋生原理

相似類比滋生即任繼昉先生所說的「類比滋生」。他說：「一個根詞一經產生，就成爲音義的結合體：語音形式是它的物質外殼，所指事物是它的意義指

[註18] 詳見曾昭聰《形聲字聲符示源功能述論》，黃山書社，2002 年，50 頁。

[註19] 殷寄明《漢語語源義初探》，學林出版社，1998 年，61 頁。

[註20] 殷寄明《漢語語源義初探》，學林出版社，1998 年，36 頁。

向。人們既利用這個現成的物質外殼，來它個『舊瓶裝新酒』，轉而表示別的事物。而新舊事物之間過渡的橋樑，則是它們之間特徵或標誌的相似性。」〔註21〕殷先生所說「甬」滋生出「通、捅、桶、筩、蛹」都有「中空」義，確實如此。但因「中空」義不是「甬」的引申義而認為「甬」聲承載了人們所約定的「中空」義，這是不合理的，「中空」的特徵正是它們之間「過渡的橋樑」。文字的孳乳與語詞的滋生相呼應，但文字與語詞的關係不是必然的，在文字產生以前，人們可能已經用〔ʎǐwoŋ〕這一音節來表示「桶、筩、蛹」等與「甬」特徵相似的事物。王衛峰先生說：「不同事物之間又有共同的性質，或有相通的事理，人們就依據其通性類比，創作新詞時也是因循舊詞的音義形式。所以，乾嘉巨擘王念孫在《廣雅疏證》中屢次強調，『凡事理之相近者，其名即相同』，『凡事物之異類而同名者，其命名之意皆相近』。」〔註22〕「桶、筩、蛹」等因與「甬」特徵相似，均有中空的特徵而命之以「甬」之名。這一語詞滋生過程，是類比與聯想過程，人們並不需要給「甬」聲賦予一個新的意義——「中空」，然後再以此義為基礎滋生出「桶、筩、蛹」等語詞。「中空」這一特徵是滋生詞由源詞滋生的契機，而非人們的約定。況且「詞彙派生並不都伴隨著同步的、規整的文字孳乳，有時字形不變（我們常以引申解釋）。」〔註23〕如《釋名・釋長幼》：「十五曰童。故禮有陽童。牛羊之無角者曰童，山無草木亦曰童。言未巾冠似之也，女子之未笄者亦稱之也。」諸多意義皆用一個字形「童」表示。同理，由「甬」滋生諸詞最初亦可只用「甬」表示，沒有形聲字的孳乳，便無所謂聲符義，語源義更無從說起，然而語詞滋生卻已經形成了。

二、相關詞義理論的疏失

前面我們說相似類比滋生不以語詞意義的引申為前提，緊接著在這裡談詞義引申，似乎自相矛盾，其實並非如此。因為一組同源的名物詞我們不易判斷它們是直接由源詞類比滋生還是先發生引申然後再橫向滋生新詞，所以這兩方面的問題我們都要考慮到。

〔註21〕 任繼昉《漢語語源學》（第二版），重慶出版社，2004年，88頁。

〔註22〕 王衛峰《上古漢語詞彙派生研究》，百家出版社，2001年，71頁。

〔註23〕 王衛峰《上古漢語詞彙派生研究》，百家出版社，2001年，70頁。

1. 忽視事物特徵與詞義引申的密切關係

曾紹聰先生接受了殷寄明先生的意見，我們下面分別對兩位先生的例子作一些分析。

曾先生說：

其（參）本義爲「稠髮」，而「濃重」非其本義，亦非其引申義，但「稠髮」有特點「稠」，……這一源義素即聲符詞「參」的語源義。〔註24〕

殷先生說：

我們分析了「甬」聲「通、桶、捅、筩、蛹」等都有中空義，但「甬」的本義是鐘，中空義亦非鐘的引申義，中空只是語詞所指稱的事物的屬性或特徵，所以中空義應是「甬」聲所載之義，爲語源義。〔註25〕

兩位先生對他們所舉的例子的分析我們不敢苟同。

「參」完全可引申出「密緻」義。參，《說文》：「稠髮也。《詩》曰：『參髮如雲。』鬒，參或從髟，眞聲。」《說文》：「稹，穜概也。《周禮》曰：『稹理而堅。』徐鍇曰：『概，密也。』」段注：「此與鬒爲稠髮同也。引申爲密緻之稱。」段注已明言「概」與「鬒」引申爲密緻之稱。「鬒」即「參」，則「參」亦可引申爲密緻義。《周禮·冬官·考工記》：「陽也者稹理而堅。」鄭注：「稹，致也。」

殷先生已經看到了「中空」是「甬」的特徵，「中空」與「甬」的聯繫是明顯而密切的。認爲「中空」不是「甬」的引申義尚可接受，因爲文獻中不以「甬」表「空」義，但說「中空」義是「甬」所承載的語源義則難以信從。雖然「甬」無用來表示「中空」義的例子，但並不能因此否認潛在的可能，因爲詞義引申往往是從事物特徵爲起點的。陸宗達先生說：「在觀察詞義運動規律時，這些形象（引者按：指事物特徵）遠比詞的概括的抽象意義更爲重要，因爲往往就是它決定了詞義的特點和引申的方向。」〔註26〕蔣紹愚先生在分析「節」的引申

〔註24〕 曾昭聰《形聲字聲符示源功能述論》，黃山書社，2002年，50頁。

〔註25〕 殷寄明《漢語語源義初探》，學林出版社，1998年，121頁。

〔註26〕 陸宗達、王寧《訓詁方法論》，中國社會科學出版社，1983年，142頁。

義時說：「『輻射式』的引申，每個引申義都是由本義從不同的角度引申而來的，都和本義有共同的義素。如『竹節』、『木節』、『關節』均為堅硬突出處；『竹節』、『節氣』、『節奏』均為事物的分段處；『竹節』、『節操』、『法度』、『節約』都含有『約束』之義。」〔註27〕上述觀點均能說明事物的特徵決定引申方向，蔣先生的分析說明「堅硬突出」、「分段」、「約束」等都是「節」的特徵，是「節」的義素。由此反觀殷先生的分析，應該是不可從的。「中空」是「甬」的特徵，當然是「甬」的一個義素，「甬」未引申出「中空」義只能說這一潛在的引申未在語詞中實現，而不能認為無引申之可能。而且，殷先生自己也說：「詞義引申最一般、最基本也是最重要的規律是，詞義所指對象從個別到一般，從具體到抽象。語詞本義的直接引申義往往原來是本義中所寓含的一個義素，在引申發展過程中，捨棄了具體性的義素，而抽象性義素則發展為一個獨立的義項。」〔註28〕正因為事物特徵與詞義引申有著密切聯繫，殷先生對「詞源義」的標準不能嚴格遵守。他在《漢語同源字詞叢考》中說：「包聲的圓義與包裹義同條共貫，具有源流關係。」〔註29〕「包」有包裹義，《廣雅·釋詁四》：「包，裹也。」《詩·召南·野有死麕》：「白茅包之。」毛傳：「包，裹也。」包裹為包（胞）之引申義。而圓義，按照先生的理論，非包的引申義，而是胎胞的特徵，當為「包」聲所承載的語源義。

單音詞的構詞理據往往因歷時久遠而湮沒難尋，我們現在以雙音詞的理據來進一步說明名詞通過相似類比滋生新詞，其滋生理據即事物間的相似性，表現為源詞與滋生詞共有的表示特徵的義素，而不是語源義。王國維《〈爾雅〉草木蟲魚鳥獸名釋例下》說：

> 形之最著者曰大小。大謂之荏，亦謂之戎，亦謂之王；小謂之叔，謂之女，謂之婦。婦謂之負。大者又謂之牛，謂之馬，謂之虎，謂之鹿；小者謂之羊，謂之狗，謂之兔，謂之鼠，謂之雀。〔註30〕

〔註27〕 蔣紹愚《古漢語詞彙綱要》，商務印書館，2007年，73頁。

〔註28〕 殷寄明《漢語語源義初探》，學林出版社，1998年，56頁。

〔註29〕 殷寄明《漢語同源字詞叢考》，東方出版中心，2007年，72頁。

〔註30〕 王國維《〈爾雅〉草木蟲魚鳥獸名釋例下》，《觀堂集林》，河北教育出版社，2003年。

劉師培亦有類似的論述，他說：

> 古人名物用名詞以代靜詞，如「天」本蒼穹也，而理稱天理。
> 《漢書》復言「食為民天」，則「天」字即尊大二字之義耳。「極」
> 本屋樑，而《易》言「太極」，《書》言「皇極」，則「極」字即中
> 正二字之義耳。又如物之大者，古人不稱為大，或稱為「王」（如
> 《爾雅》王蛇、王雎是也），或稱「牛」（如《爾雅》牛蘄、牛藻、
> 牛蘈、牛棘是也），或稱蜀（如《爾雅》蜀葵、蜀雞是也），或稱
> 戎，或稱龍，或稱虎，或稱鴻。物之小者古者不稱為小，或稱為
> 童，或稱為妾，或稱為荊，或稱為楚、鹿、羊、菟、鼠、燕、雀。
> 〔註31〕

王、牛、蜀、戎、龍、虎、鴻均有大的特徵；童、妾、荊、楚、鹿、羊、菟、
鼠、燕、雀均有小的特徵，以名詞表形容詞之義，即以實表德，正是實、德相
麗的表現。王鮒、王鵙、牛藻、兔絲、女蘿等語詞中，王、牛、兔、女等顯然
是以其特徵即小或大，來突出鮒、鵙、藻、絲、蘿等的特徵。王、牛、兔、女
等的「大」義或「小」義與「甬」的「中空」義原理相同，若承認「中空」義
是「甬」所承載的語源義，那麼「大」義、「小」義亦當為語源義。

2. 忽視語詞的聯想義、社會義

曾昭聰先生說：

> 「祿」，有福義，但录聲並不能提示這一意義，录借為「鹿」，
> 但鹿本義為動物，引申義中也沒有這一意義。那麼這一意義從何而
> 來呢？按《說文·鹿部》「麗」下說：《禮》「麗皮納聘」，蓋鹿皮也；
> 《心部》「慶」下說：「吉禮以鹿皮為贄」，這就是說，「鹿」雖然本
> 義、引申義均無吉祥、福祿之義，但是它在漢民族的心理中是代表
> 了吉祥的，也就是說它的語源義是「吉祥」等，所以「祿」的聲符
> 录借為鹿，故「祿」有福義。〔註32〕

〔註31〕劉師培《劉申叔遺書·左盦外集·正名隅論》，江蘇古籍出版社，1997 年，1419
頁。

〔註32〕曾昭聰《形聲字聲符示源功能述論》，黃山書社，2002 年，55～56 頁。

曾先生認為「吉祥」義是「鹿」的語源義，不可從。他已經看到了「鹿」在漢民族心中是代表吉祥的，卻又說吉祥義是語源義，這是忽視了語詞的聯想義、社會義而只注重概念義的結果。許威漢先生說：「現代詞彙學的一個貢獻在於區別了詞的聯想意義與概念意義的不同。社會意義的提出，最能體現詞彙學的現代性，表明了現代詞彙學與前期詞彙學最明顯的不同。前期詞彙學著重靜態的，也就是詞典式的固定性的詞義分類，現代詞彙學則強調動態的、社會的詞義分析。」〔註33〕聯想意義與社會意義是密切相關的，如「玉」的社會意義「像玉一樣地寶愛」是和它的社會意義「美好，同類事物中最嘉美的」相交織。〔註34〕「吉禮以鹿皮為贄」，使鹿皮產生了吉祥的社會意義，「鹿」的吉祥義的獲得是禮俗引申的結果。正如「『祭』的本義是殘殺。由於古代宗廟祭祀要殺牲作為祭品，所以『祭』的引申義就成了祭祀的『祭』了。」〔註35〕

語言是文化的淵藪，「一個民族的精神生活史不僅保存在文字作品中，而且也在語言本身中直接反映出來。」〔註36〕周光慶先生說：「通過對一個民族語言的詞的詞源結構的考察，人們可以比較清晰地看到該民族文化的諸多方面，特別是處於文化結構深層的文化心理。」〔註37〕語詞滋生理據為我們顯現了古人的思維方式、倫理觀念、社會制度等各方面的內容。「鹿」有吉祥義正是古代禮俗文化的體現，若把吉祥義看做「語源義」則是把吉祥義看做與「鹿」毫不相干的另外一個無本字的語詞的意義，與「鹿」語音相同而已。這顯然與事實不符，而且曾先生已經看到鹿「在漢民族的心理中是代表了吉祥的」。陸宗達、王寧兩位先生在解釋禮俗引申時明言「古代以鹿皮作為吉禮的禮物，……使『鹿』引申出吉慶、福祿之義而分化派生出『祿』。」〔註38〕

〔註33〕 許威漢《漢語詞彙學導論》，北京大學出版社，2008年，224～225頁。

〔註34〕 許威漢《漢語詞彙學導論》，北京大學出版社，2008年，225頁。

〔註35〕 許威漢《漢語詞彙學導論》，北京大學出版社，2008年，230頁。

〔註36〕 姚小平《17～19世紀的德國語言學與中國語言學》，外語教學與研究出版社，2001年，36頁。

〔註37〕 周光慶《古漢語詞源結構中的文化心理》，《華中師範大學學報》（哲社版），1989年第4期。

〔註38〕 陸宗達、王寧《訓詁方法論》，中國社會科學出版社，1983年，159～160頁。

第四節　輕言某義爲約定俗成的原始意義

我們知道，詞彙的發展經歷了原創、滋生、綴加、複合等階段，語詞音義的約定性主要表現在原創階段，說某一音義關係來自人們的約定即等於說這一語詞爲原始詞。哪些語詞爲原始詞，原始詞的性質如何均未有定論，在這種情況下說某語詞爲原始詞是不合適的。

我們分析一則曾昭聰先生所舉的例子來說明。曾先生說：

> 蒙乃王女，爲女羅之大者，「大」爲其特徵，但非本義、引申義。

> 從蒙得聲的形聲字如濛、朦、饛、鸏，其源義素均以大義而暗示該字所記錄的語源。〔註39〕

以蒙所承載的源義素「大」爲語源義，恐怕是難以成立的。語源義的音義關係緣自人們的約定，而「蒙」有大義並非緣自約定。我們可以從以下三方面論證：

1. 《方言》卷二：「朦、厖，豐也。自關而西秦晉之間凡大貌謂之朦，或謂之厖；豐，其通語也。燕趙之間言圍大謂之豐。」錢繹《箋疏》：「《小雅·大東篇》：『有饛簋飧。』毛傳：『饛，滿簋貌。』《大雅·生民篇》：『麻麥幪幪。』毛傳：『幪幪然盛茂也。』義並與『朦』相近。」毛傳以「滿」「盛茂」訓「饛」「幪」，「盛」「滿」義與「大」義相近，故錢繹云：「義並與『朦』相近。」豐、蠛、厖等均有盛多義，與「蒙」聲近義同，與之同源。若認爲「蒙」所承載的聲符義「大」是語源義，那麼以上諸字便同樣承載了語源義。這顯然是與語源義的定義相違背的，「語源義則是音義的直接結合體，文字只起記音作用，它是一種隱性語義。」〔註40〕以上諸字的本義即盛多義，故而它們並非只起記音作用。又《方言》卷一：「豐、厖，大也。」錢繹《箋疏》：「凡從『豐』之字皆有『大』義。」曾昭聰先生說：「《說文》：『尨，犬之多毛者。』段注：『引申爲雜亂之稱。』雜亂又可引申爲多、大，故從尨聲之字詞義中有『多大』之源義素。」〔註41〕尨聲、豐聲均有大義，且均非語源義，冡、尨、豐聲近義同，所以，「蒙」所承載的大義並非語源義。

〔註39〕曾昭聰《形聲字聲符示源功能述論》，黃山書社，2002年，50頁。

〔註40〕殷寄明《漢語語源義初探》，學林出版社，1998年，35頁。

〔註41〕曾昭聰《形聲字聲符示源功能述論》，黃山書社，2002年，105頁。

2.蒙，《說文》：「王女也。」蟒，《爾雅・釋魚》：「王蛇。」郭璞注：「蟒，蛇最大者，故曰王蛇。」黃侃《爾雅音訓》：「蟒正當作莽。」〔註42〕黃侃認爲蟒由莽滋生，當作莽。莽，《說文》：「眾草也。」《文始・五》：「莽兼有大義。王莽，字巨君，亦此莽字。」蒙、蟒音義皆近，亦有由莽滋生的可能。「豐、莽、厖」等均有盛多義，我們不能確言「蒙、蟒」由「莽」滋生，但它們的同源關係應當是毋庸置疑的。莽爲眾草，眾多、大義相近，「冡」「莽」音近，皆有大義。「冡」之大義或因與「豐、莽、厖」等音近而得。

3.王念孫、郝懿行、章太炎均認爲蒙覆義與大義相因。王念孫《廣雅疏證・卷一上》「大也」條云：「大則無所不覆，無所不有。故大謂之幠，亦謂之奄；覆謂之奄，亦謂之幠。」《爾雅・釋詁》：「幠，大也。」郝懿行《爾雅義疏》：「幠者，《說文》云：『覆也。』覆冒義亦爲大。故《方言》云：『幠，大也。』」章太炎《文始・五》「丙」下云：「覆與大義相受，故盇、奄訓覆，皆從大。」蒙從冡聲，冡，《說文》：「覆也。」蒙亦可訓覆。《詩・鄘風・君子偕老》：「蒙彼縐絺。」毛傳：「蒙，覆也。」蒙從冡，訓「王女」，正是蒙覆義與大義相受的體現。由此也可證明「蒙」承載的「大」義不是語源義。

此外，眾所周知，語詞因其有區別於其他語詞的價值而存在於詞彙系統中，詞彙系統的經濟原則不允許意義上毫無區別的語詞存在，即詞彙系統中真正等義的語詞是極少的。況且「語源義是一種抽象性語義。絕大多數的語源義都是形容性的，反映的是客觀事物抽象的形狀。」〔註43〕郭錫良先生說：「抽象程度越高的詞越不可能有等義的現象存在。」〔註44〕殷先生所列舉的含「大」這一語源義的聲符有於聲、賁聲、光聲、多聲、皇聲等〔註45〕，同是「大」義，人們爲何要造這麼多語詞呢？

由上可知，在弄清語言的起源之前，輕易說哪個詞的音義關係是人們約定俗成的是不可靠的。

〔註42〕黃侃《爾雅音訓》，上海古籍出版社，1983年，279頁。

〔註43〕殷寄明《漢語語源義初探》，學林出版社，1998年，56頁。

〔註44〕郭錫良《試論上古漢語指示代詞的體系》，《漢語史論集》（增補本），商務印書館，2005年。

〔註45〕殷寄明《漢語語源義初探》，學林出版社，1998年，58頁。

第五節　借音分化的兩分

　　前面所討論的是第一類「語源義」，現在我們對第二類「語源義」展開討論。第二類語源義寓於借字語音中。[註46] 殷先生主張將「借音分化」分爲兩類：

> 　　語言中的語義轉化爲書面語的詞彙意義有兩條途徑：其一是通過本字轉化爲本義；其二是通過借字表現爲語源義。這第二條途徑又包含兩種情況：一種情況是在本無其字的假借過程中，借某個詞的本字將語言中的另一個詞記錄下來，其意義按傳統的以文字爲本位的觀點和説法叫假借義；另一種情況是一個原始性語義依附在某個詞的本字的聲韻上，它的顯現要等沿此本音孳乳同源詞纔能看得出來。如「甘」聲字拑、紺、鉗、箝均有銜含之義，「甘」的本義是甘甜、美味，引申義系列中也無銜含義，説明「甘」聲在語言中可表銜含義。所以，語源義在漢語詞彙系統中有兩種存在或變現形式，一是義項，二是義素。其義項，非本義義項，而是獨立於某個文字所表示的詞的本義，引申義系統之外的借義。如「愛」聲的隱義是「愛」的假借義，與其本義仁愛及引申義無關。[註47]

殷先生這裡的論述與他處所述有所衝突。他在這裡將假借義當做語源義的一種，而在他處卻將兩者並列起來。他説「漢語語詞的詞彙意義通常分爲本義、引申義、假借義、比喻義等類型。……語源義普遍存在於漢語詞彙系統中，應該是詞義的基本類型之一。」[註48]「聲符本爲獨立運用的語詞符號，在參與形聲字的構成中，有可能攜帶來各種類型的意義——本義、引申義、假借義、比喻義、語源義，微觀的個案研究也充分證明了這一點。」[註49] 這一衝突體現了「語源義」理論的不完善。

　　殷先生所謂第二條途徑的兩種情況，我們理解爲其本質差別在於文獻中有沒有假借的用例。這是從文字學的角度研究詞源，是不可取的。

〔註46〕曾昭聰《形聲字聲符示源功能述論》，黃山書社，2002 年，51 頁。

〔註47〕殷寄明《漢語語源義初探》，學林出版社，1998 年，150～151 頁。

〔註48〕殷寄明《漢語語源義初探》，學林出版社，1998 年，26 頁。

〔註49〕殷寄明《漢語同源字詞叢考》，東方出版中心，2007 年，2 頁。

所謂假借義，正是考查文獻用字情況而發掘出來的，一個字在文獻中不表現爲與形體相關的意義而表現爲同音詞的意義，我們便說這個字帶上了假借義。如「定」有額訓，疑借爲「顚」。《詩・周南・麟之趾》：「麟之定。」毛傳云：「定，題也。」「定」即記錄了意義爲「額頭」的詞語，它的意義當然表現爲一個義項。

第二種情況與第一種情況本質相同，只是文獻中沒有像第一種情況的用例。如「農」，《詩・小雅・蓼蕭》：「零露濃濃。」毛傳云：「濃濃，厚貌。」我們設想，語言中表「厚貌」的詞沒有本字，人們也沒有爲它借字，在該詞的基礎上又派生出表「酒厚」（醲）、「衣厚」（襛）等義的詞，形聲字的發展使這些滋生詞有了在書面語言中表現出來的可能，所以人們就以與它們聲同或聲近的字爲聲符來標音，分別加上形符而造出它們的本字，剛好人們選中了「農」來作它們的聲符，事實上這也有與上一種情況相同的假借過程。因文獻中沒有單獨用「農」表「厚貌」的用例，而是作爲聲符參加造字，故而其所含之義只能表現爲義素。或者如劉又辛所說「按照我們上面的說法，可以構擬出這一組字演變的經過。在假借字階段，之由『農』這個會意字，本義是農民的農。上面《詩經》那句詩，大約只寫作『零露農農』，『農農』只是假借其音。到秦漢時，才把『農農』寫成『濃濃』，成爲形聲字。然後又派生出醲、襛、膿、獳等字。」〔註50〕

不管哪種假設符合事實，第一種和第二種情況所形成的形聲字的聲符義都是它們的源詞（無本字）的意義，所以殷先生的區分意義不大。前面我們已經明確了我們對於利用聲符的示源功能研究詞源的態度，即我們要積極加以利用，既要不斷吸取文字學的研究成果，又要有意識地區分文字學與語源詞的畛域，體現聲符示源的語源學的性質。

小　結

我們之所以要長篇幅地討論「語源義」的問題，是因爲這裡所討論的所謂「語源義」正是聲符義的重要組成部分。殷先生說：

> 聲符本爲獨立運用的語詞符號，在參與形聲字的構成中，有可

〔註50〕劉又辛《「右文說」說》，《文字訓詁論集》，中華書局，1993 年，89 頁。

能攜帶來各種類型的意義——本義、引申義、假借義、比喻義、語

源義，微觀的個案研究也充分證明了這一點。尤其值得重視的是，

聲符所承載的語義以語源義爲最多。〔註51〕

他把那些聲符所含的與獨用時沒有關係的意義一律視作「語源義」，且其中包括
聲符義是聲符單用時所表事物的特徵的情況，這與我們的觀點有很大的出入，
故在此不得不申說之。

　　我們認爲殷先生所定義的「語源義」是不存在的，更不是一種基本類型的
詞義。因爲作者以有無本字爲起點，即將有本字的語詞與無本字的語詞加以區
分，從而認爲前一類語詞的意義是本義，後一類語詞的意義是語源義。而我們
認爲有無本字記錄並不能對詞語的本質屬性帶來影響。

　　殷先生明言「語源義是從書面語言詞義發生學角度提出來的」，「語源義所
承擔的主要任務是反映語言中難以構製本字的抽象性語義。」〔註52〕竊以爲「語
源義」主要是爲聲符示源研究提出來的，其初衷是爲了便於稱述。下面我們以
爲「語源義」的說法是不可取的。我們就兩類語源義來作一個總結。

　　第一類語源義爲「寓於本字語音當中的語源義，它與本字記錄的語詞所指
稱的事物的具體特徵有關，即語源義是原來本字本義的部分義素」〔註53〕，這
類語源義割裂了源詞與滋生詞的密切關係。依殷先生所論，「語源義」實爲語言
中一個語詞的意義，它的意義很抽象，所以需依靠借字將其反映在書面語中。
「甬」的「中空」義是它所承載的語源義，那麼「桶、箭、甬」等便不是由「甬」
滋生，而是由意義爲「中空」義的無本字的那個語詞滋生的；同樣，「眕、軫、
裖、胗」等不是由「㐱」滋生，而是由意義爲「濃重」的無本字的語詞滋生的。
這樣的結論是不能接受的，它割裂了源詞與滋生詞，原因如前所論。而且，語
源義是語言中無本字的語詞的意義，它便不可能是「原來本字的部分義素」，因
爲語詞的意義單位是義位。

　　第二類語源義「寓於借字語音中」〔註54〕，按照語源義的定義，本無其字

〔註51〕殷寄明《漢語同源字詞叢考》，東方出版中心，2007年，2頁。

〔註52〕劉又辛《「右文說」說》，《文字訓詁論集》，中華書局，1993年，57頁。

〔註53〕曾昭聰《形聲字聲符示源功能述論》，黃山書社，2002年，50頁。

〔註54〕曾昭聰《形聲字聲符示源功能述論》，黃山書社，2002年，51頁。

的假借字確實記錄了語言中無本字的意義抽象的語詞，即「在本無其字的假借過程中，借某個詞的本字將語言中的另一個詞記錄下來，其詞義按傳統的以文字學爲本位的觀點和說法叫假借義。」〔註55〕還有另一種情況，即「借字記錄了語言中一個無本字的語詞，但是借字從不單獨使用以表示這一詞語，而是加注形符構成以借字爲聲符的一組形聲字，聲符所記錄的詞義即爲寓於借字語音中的語源義，它不是聲符詞的本義、引申義，也與本義所指稱事物的特徵無關。」〔註56〕我們認爲這兩類的本質都是聲符假借，這樣的區分是從文字學的角度作出的，從語源學的角度來講，沒有區分的必要，因爲語源研究中我們關心的是聲符所記錄的語詞是否是源詞，我們並不在乎聲符是否單用以表借義。

如果確實要用「語源義」來稱述語言中某種詞義，第二類勉強可以納入「語源義」的範圍。但是說「語源義」是與「本義、引申義、假借義、比語義並列爲『詞義的基本類型之一』則不妥」。〔註57〕而且，說某聲所載的某義爲語源義即意味著某聲與某義的結合是人爲約定的，這也是冒險的。前面所舉數例均能說明這一問題，現在再舉一例。曾昭聰先生說：「非聲字，扉、陫、帮、厞、腓、痱、悱、輩等，源義素爲『隱蔽』，但『隱蔽』不是『非』之本義、引申義，『隱蔽』義寓於非聲。」〔註58〕據我們對聲符的系聯，我們認爲「障蔽」「隱蔽」義由「盛多」義發展而來。《爾雅·釋木》：「賁，藹。」郭璞注：「樹實繁茂菴藹。」藹本爲繁茂義，又引申有遮蔽義。《說文》：「藹，蓋也；蓋，苫也。」蓋即覆蓋，苫之用亦在覆蓋事物。王勃《乾元殿賦》：「藹坤禎於明渚。」靄與藹同源，有籠罩義。《左傳·文公七年》：「昭公欲去群公子，樂豫曰：『公族，公室之枝葉也。若去之，則本根無所庇蔭矣。』」亦繁茂而致庇蔭之證。又《廣雅疏證·卷一下》「蔚、薈，翳也」條云：「……《西都賦》注引《倉頡篇》云：『蔚，草木盛貌。』《說文》：『薈，草多貌。』……毛傳云：『薈蔚，雲興貌。』皆謂隱翳也。」草木茂盛遮蔽大地，因而產生了「隱翳」義。「豐、宋、蕀、李、肥、每、

〔註55〕殷寄明《漢語語源義初探》，學林出版社，1998年，150頁。

〔註56〕曾昭聰《形聲字聲符示源功能述論》，黃山書社，2002年，51頁。

〔註57〕楊光榮《詞源觀念史》，巴蜀書社，2008年，268頁。

〔註58〕曾昭聰《形聲字聲符示源功能述論》，黃山書社，2002年，51頁。

霖」等均有盛多義,「冃、冖、冡、木、宀、畢」均有蒙覆義,並與「非」聲近,從「非」得聲有「隱蔽」義,疑同屬該族。

楊光榮先生認爲:「殷寄明所倡導的『語源義』,結合他所列舉的例子來看,大致相當於劉熙《釋名》的『義類』、黃承吉的『綱義』、孫雍長的『立義』、蘇寶榮的深層『隱含義』、王貴元的『核義素』。」〔註59〕「語源義」究竟是何種意義,我們不敢質言,因爲殷先生在使用這一術語時也有自相矛盾的時候。總之,我們認爲在殷先生的定義下使用這一術語是不合適的,不僅沒有讓詞源意義的研究更加清晰化,反而增加了一層迷霧。

〔註59〕楊光榮《詞源觀念史》,巴蜀書社,2008 年,268 頁。

第五章　聲符多義的成因

　　以聲符爲綱，結合上古音系的研究，對詞族進行語音學的描寫，這一建立漢語科學的語源學的途徑是學者們在總結了上世紀東西方各派的漢語語源研究之後得出的最終結論。[註1] 這一結論明確提出了以形聲字的聲符爲線索的漢語詞族的研究方法，也即承認了形聲字聲中有義的可信性。

　　我們認爲，形聲字聲中有義，許多研究者對這一觀點心存疑慮[註2]，其原因有二，一爲多數聲符義因歷時久遠而隱奧難曉；二爲同一聲符含有多個聲符義。

　　本文欲對上述第二個問題進行研究，說明形聲字的聲符一聲多義的成因並梳理、揭示同一聲符多個聲符義之間的關係，藉以揭示聲符義發展的內在規律，從而消除懷疑者在第二個問題上的疑慮。

　　對於聲符多義這一問題，據筆者陋見，有沈兼士、黃永武兩位學者論及。

　　臺灣學者黃永武在《形聲多兼會意考》中說：「陳氏（瑑）雖未能說明同從『尊』得聲而義有不同之故，究爲一義之引申，抑或相反之引申，抑或爲字根假借，亦或無聲字多音致使多義，然其較之動輒謂字從某聲皆有某義，而不加

〔註 1〕　詳參徐通鏘、陳保亞《二十世紀的中國歷史語言學》，《二十世紀的中國語言學》，
　　　　北京大學出版社，2004 年，250～262 頁。

〔註 2〕　詳參曾昭聰《形聲字聲符示源功能述論》，黃山書社，2002 年，9～11 頁。

博證者精審多矣。」〔註3〕黃氏見識卓越，對聲符多義的成因及各義之間的關係已有所認識，即一爲引申，一爲假借，一爲二詞同形，然惜其語焉未詳。沈兼士的觀點亦爲聲符多義由聲符義之引申所致，其《右文說在訓詁學上之沿革及推闡》一文總結焦循考求「讓」字語源的材料，認爲：「紬繹原文所敘各字意義引申之次第，先考與讓同聲系之瓤釀鑲囊等字均有在內或縕入之義，因以定讓字之亦有包裹容入之義。引申之而有『禳』『攘』除謝推卻之義。又引申之而有『穰』『瀼』眾盛之義，及儴因之義。又引申而有�久之義。」〔註4〕

　　兩位學者均爲該領域的大家，但在聲符多義這一問題上，他們僅就目所見、慮所及的一些發現隨口道出，而未詳細論說，爲本文留下了空間。

　　形聲字的孳乳是語詞滋生的反映，所以我們擬以語詞滋生爲立足點討論聲符的多義性。我們認爲語詞滋生的多向性（包括反向）、多層性和聲符假借等因素共同促成了聲符的多義性。

第一節　滋生的多向性

　　語詞的滋生主要有以下方式：相似類比滋生、相關聯想滋生、引申分化滋生、語音變易滋生〔註5〕。相似類比滋生以事物或概念在形象狀貌、情態特徵、功能作用、性質事理等方面的相似之處爲契機，「屢變其物而不易其名，屢易其文而弗離其聲」〔註6〕，滋生新詞。其關鍵爲民族心理所把握的事物之間的「相似之處」，如《螺蠃轉語記》所涉諸動植物、器物、形體、地貌、食品、建築、自然現象等名物均有「圓形」這一特徵。

　　相似類比滋生的情況很複雜，因爲滋生詞總是以源詞所代表的事物或現象的某一特徵爲理據滋生而來的，而任何事物或現象的特點都是多方面的，這樣，從一個源詞出發就可能朝著不同的方向滋生出新詞。因此，任何一個特徵都能成爲滋生的契機，從理論上講，一個語詞的意義要素有多少，其滋生新詞的方

〔註3〕黃永武《形聲多兼會意考》，文史哲出版社，1985年，37頁。

〔註4〕沈兼士《右文說在訓詁學上之沿革及推闡》，《沈兼士學術論文集》，中華書局，1986年，98頁。

〔註5〕詳見王衛峰《上古漢語辭彙派生研究》，百家出版社，2001年，63～94頁。

〔註6〕程瑤田《螺蠃轉語記》，《安徽叢書·通藝錄》，1933年，1頁。

向便有多少，從而形成詞彙滋生的多向性。

　　同實異名現象往往能說明事物特徵的多樣性，同一個事物，從不同的角度把握不同的特徵，從而命以不同的名稱。如鐮、鍥、刈皆指形彎曲而體扁薄的刀。鍥，鐮也；刈，鐮也。名鍥，因其能刻斷物；名鐮，因其體扁薄；名刈，因其形彎曲。

　　馬瑞辰在《毛詩傳箋通釋》中為我們提供了一個很典型的例子。《詩·衛風·芄蘭》：「童子佩韘。」傳：「韘，決也。」箋：「韘之言沓也，所以彄沓手指。」〔註7〕馬瑞辰云：「決也，韘也，沓也，異名而同實。以其用以闓弦，謂之決；以其用韋為藉，謂之韘；以其用以韜指，謂之彄沓。」馬瑞辰分別從材料和功用兩方面解釋了異名之由。

　　單音詞如此，複音詞更是如此。戴侗《六書故·第二十·動物四》：「蝸，蝸蠃同類，其種不一。水產之別尤多，皆旋殼弇口，大者如斗。陸生者謂之土蝸、土蠃；以其善緣，又謂附蝸、附蠃、陵蠃；以其有肉角，又謂蝸牛、蠡牛。」〔註8〕

　　文字孳乳在語詞滋生的推動下發生，採用增加義符或改換義符的方式孳乳造字，於是字的孳乳和詞的滋生之間往往具有相當程度的一致性和對應性。源詞朝不同方向滋生新詞，必定會在由此而孳乳的形聲字的聲符義上留下痕跡。例如：

　　勹，《說文》：「裹也。象人曲形，有所包裹。」滋生為包，《說文》：「象人裹妊，巳在中，象子未成形也。」包，胞之初文。胎胞有包裹、圓、突出等特徵，所以「包」朝著這三個方向相似類比滋生新詞，繼而孳乳新字，於是「包」聲就有了「包裹」「圓」「突出」諸義。其滋生脈絡如下：

　　包（胞）── 1.〔包裹〕：裒、袍、麭、罟、匏、炮、庖；

　　　　　　── 2.〔圓〕：飽、雹、泡、皰；

　　　　　　── 3.〔突出〕：齙

1.胞有包裹在外的特徵，段氏注「包」云「引伸之為凡外裹之稱」，沿該義

〔註7〕　韘，扳指。射箭時著於右拇指用於鉤弦的用具，用象骨或晶玉製成，故亦稱「玦」或「決」。彄，弓弩兩端繫弦的地方。沓，器物的套子，後作錔。錔，《說文》：「以金有所冒也。」段注：「錔取重沓之意，故多借沓為之。」

〔註8〕　戴侗《六書故》，上海社會科學院出版社，2006年，479頁。

滋生「抱、苞、袍、麲、罦、匏、炮」等詞。

裒，褢也。段注：「《論語》：『子生三年，然後免於父母之懷。』馬融釋以懷抱，即褢裒也。」「裒」以「包裹」義爲理據而滋生，「裒」「褢」同義，故裒有「包圍、囊括」義，《書‧堯典》：「湯湯洪水方割，蕩蕩懷山襄陵，浩浩滔天。」孔傳：「懷，包。」《淮南子‧覽冥》：「又況夫宮天地，懷萬物。」高誘注：「懷，猶囊也。」高誘注正與許慎「裒，一曰橐」同。

麲，《說文》：「桼坺已，復桼之。」朱駿聲注：「重漆也。始以漆和灰坺漆之，復漆之以光其外。」謂以漆包住漆灰。

罦，《說文》：「覆車也。」罦爲捕鳥獸的網，將進入其中的鳥獸包裹住。

匏，《說文》：「瓠也。包，取其可包藏物也。」

炮，《說文》：「毛炙肉也。」徐灝注箋：「炮本連毛裹燒之名，故用包爲聲。」徐灝與戴侗《六書故》說同。

庖，《說文》：「廚也。」段注：「《周禮‧庖人》注曰：『庖之言苞也。』苞裹肉曰苞苴。」庖當由以草或泥土包裹食物的烹飪方式發展而來。

2.包爲胎胞，其形狀爲圓形，故「包」聲有「圓」義。以圓形之狀態滋生「飽、雹、泡」等。

飽，《說文》：「猒也。」即吃飽，饜足。《莊子‧逍遙遊》：「腹猶果然。」成玄英疏：「果然，飽也。」吃飽則腹凸出，現在人們常說「肚子餓癟了」，相反饜足則爲圓。王繼如先生釋「腹猶果然」云「肚子還滾圓滾圓的」正見「果」有「圓」義，〔註9〕飽亦含「圓」義。

雹，《說文》：「雨冰也。」雹形圓，故從包。

泡，本義當爲水泡，形圓且中空。故形圓中空之物可名之以泡，臉上之瘡泡曰皰，鼻上之瘡泡曰皼。

皰，《說文》：「面生氣也。」指人臉上的小水泡。《正字通‧皮部》：「皰，凡手足臂肘暴起如小泡者謂之皰。」「皼」可能爲後出專表鼻上水泡的字。

3.胎胞又有突出、鼓出的特徵，所以「包」聲又有「鼓出」之義，沿此義滋生出「齙」等詞。

圓，高起、突出有內在的必然聯繫。踝，段注：「按：踝者，人足左右骨隆

〔註9〕 王繼如《訓詁問學叢稿》，江蘇古籍出版社，2001 年，19 頁。

然圓者也。」又王國維《〈爾雅〉草木蟲魚鳥獸名釋例》下曰：「又物之突出者，其形常圓，故又有圓義。」故「皰」有「凸出」「圓」兩個特徵。

齙，《玉篇・齒部》：「露齒。」

由於胞胎有包裹、圓、凸出等特徵，故可分別沿這些特徵滋生新詞，一個特徵便決定了一個方向，這就是詞彙滋生多向性的一種表現。同時，我們可以看出語詞滋生的多向性直接導致聲符的多義性，一個滋生方向意味著一個聲符義。

第二節　滋生的層次性

新事物的出現與人們抽象思維能力的提高都會導致新詞的滋生。新事物與新認識的不斷出現及舊事物舊認識的不斷消亡導致新詞的產生和舊詞的消亡。創制新詞的需要使那些本由原始詞彙滋生而來的滋生詞又作為源詞繼續滋生新詞，我們將以滋生詞為源詞滋生新詞的過程稱為再度滋生，再度滋生便是詞彙滋生的層次性的表現。

文字的孳乳是在語詞滋生的推動下發生的，字的孳乳和詞的滋生之間往往具有相當程度的一致性。一般情況下，由原創詞彙滋生而來的滋生字多用形聲字來記錄，且記錄來源相同的滋生詞的形聲字，它們的聲符往往相同。再度滋生是在以聲符為綱系聯同源詞時很容易發現的一種現象，因為再度滋生使聲符帶上幾個聲符義。

1.巠聲含「直」義，又含「頸」義

巠——（1）〔直〕：徑、經、脛、莖、牼、桱、痙、勁、淫、娙、頸（頸）

　——（2）〔頸〕：經、剄

巠，《說文》：「水脈也。」從「巠」得聲之字多有「直」義。

徑，《說文》：「步道也。」《史記・大宛傳》：「從蜀，宜徑。」裴駰集解：「徑，直也。」《道德經》：「大道甚夷，而民好徑。」小徑道直，故民好之。經，《說文》：「織縱絲也。」莖，《說文》：「草木幹也。」草木幹挺直，有「直」義。脛，《說文》：「胻也。」《釋名・釋形體》：「脛，莖也，直而長似物莖也。」牼，《說文》：「牛𩣡下骨也。」段注：「牛脛也。脛者，骹也。」桱，《說文》：「桯也。」桱即為柱，柱直且長。痙，《說文》：「彊急也。」段注：「《急就篇》：『癃疕瘛瘲

瘐痺疢。』疢卽痙。顏云:『體強急,難用屈伸也。』」身體僵直,難以屈伸。勁,《說文》:「彊也。」《廣韻》:「勁,健也。」勁義當為身體挺直不屈、健壯有力。經,《說文》:「溫器也。圜而直上。」涇,《釋名・釋水》:「水直波曰涇;涇,徑也,言如道徑也。」娙,《說文》:「長好也。」

頸,《說文》:「頭脛也。」其得名之由與脛同,皆為直而長。上述各字聲符「巠」皆含直義,為相似模擬滋生之結果。經、剄之聲符「巠」無「直」義而含「頸」義,我們認為是以「頸」為源詞相關聯想滋生而成。

經,《廣雅・釋詁四》:「經,絞也。」《字彙・糸部》:「經,縊也。」《論語・憲問》:「自經於溝瀆而莫之知也。」「經」義為縊為絞,絞需以繩索勒人頸部,故相關聯想滋生出「經」。書面語分化語詞的主要方式為在初文上綴加義符或改換原形聲字的義符。「頸」為形聲字,故需改換其義符為「糸」,而又得「經」。此「經」非經緯之「經」,形同而非一詞。楊樹達先生以為:「經字從巠聲,巠實假為頸。」他的意思為「經」由「頸」滋生而來,是可以相信的。剄,《說文》:「刑也。」段注:「剄謂斷頭也。」「頸」為剄之對象,與「經」得名之由同。同理,改換「頸」之義符,得「剄」。

2.重聲有「厚重」義,又有「聚」義

重——(1)〔厚重〕:湩、踵(踵)

　　——(2)〔聚〕:瘇、腫、堹、鍾

重,《說文》:「厚也。」沿厚義滋生湩、堹。湩,《說文》:「乳汁也。」湩為乳汁,從重得聲,正言其濃厚。章太炎認為濃之聲符借為乳,沈兼士從其說,可見乳有「濃厚」義。沿「重」義滋生踵。踵,《說文》:「追也。」又「跟,足踵也。」《釋名・釋形體》:「足後曰跟,又謂之踵。」可見踵之本義當為足跟,《楚辭・離騷》:「忽奔走於先後兮,及前人之踵武。」「追」為其引申義。此為第一層。

王衛峰先生說:

> 《釋名・釋形體》:「足後曰跟……又謂之踵。踵,鍾也。鍾,聚也。體之所鍾聚也。」又《釋疾病》:「腫,鍾也,寒熱氣所鍾聚也。」實際上,它們本來於「重」有關。踵,承負身體重量的部位,故以重為聲;足跟又是體重聚集之所,重聲又獲得聚會、集中

之義。踵疾曰「瘇」,《說文》特列「瘇」字,義即腳腫。《广部》:
「瘇,脛氣腫。」「瘇」的義域括及其他部位,則有「腫」,體氣鬱
聚則成腫。〔註10〕

《國語‧周語》:「廩於籍東南,鍾而藏之。」鍾正爲「聚集」義。由此可見,
因踵爲體重聚集之所,沿此義滋生出「腫、埻」。

埻,《集韻》:「池塘膣埻也。」膣,《說文》:「稻中畦也。」埻爲防水之堤,
當聚土而成,故含「聚」義。鍾,《說文》:「酒器也。」酒器以儲酒,故有「聚」
義。此爲第二層。

3.囱有「中空」義,又有「青色」義

囱(窗窻)── (1)〔中空〕:恖(聰)、幒、蔥(蒽)

　　　　　── (2)〔青色〕:璁、驄、緫

沈兼士將「恖」所含的「青色」義看做是「蒼」的意義,認爲「恖」假借
爲「蒼」。我們認爲,這是沈先生沒注意到滋生的層次性而造成的誤解。「恖」
含「青色」義實因「蔥」有青色之特徵,「中空」義與「青色」義是兩個不同層
次的意義。

(1) 沈兼士云:「囱,在牆曰牖,在屋曰囱。『囱』、『窗』古今字,窻又爲
其別寫。(《廣韻》『窗』、『窻』同字。)」窗,《說文》:「通孔也。」窗即牆上或
屋頂之孔,無孔則無以排煙透光通風,故有「中空」義。滋生而有「恖、熄、
蔥」,恖《說文》:「多遽恖恖也。」沈兼士云:「此殆爲聰察字之初文。聰,察
也。耳以中空而聰。」則恖即聰,受義於囱。蔥,《說文》:「菜也。」蔥爲青菜,
有中空之特徵,因其中空而得名。幒,《說文》:「幝也。」楊樹達云:「幒爲今
之短褲,字從恖者,恖假爲囱,言其中空可容足,如囱之中空可容光也。」按
楊說可從,但「恖」有「中空」義,不必假借爲「囱」。

(2) 蔥爲葉中空的青菜,有青色之特徵,從而滋生出「璁、驄、緫」。璁,
《說文》:「石之似玉者。」又驄:「馬青白雜毛也。」緫:「帛青色也。」

滋生的脈絡和層次實在是較爲複雜的,多向派生與多層次派生往往互相交
叉互相糾結,多數時候是這兩個滋生模式的共同作用導致聲符的多義性。

―――――――――――

〔註10〕王衛峰《上古漢語辭彙派生研究》,百家出版社,2001年,7~8頁。

第三節　聲符假借

聲符假借即章太炎所謂「取義於彼，見形於此」之類，楊樹達、沈兼士二先生對此著力頗多。楊樹達先生《積微居小學金石論叢》《積微居小學述林》各篇多爲尋本字求語源而作，又撰《造字時有通借證》，專文闡述該問題。沈兼士序《積微居小學金石論叢》云：「撮其要旨，約具三綱：形聲字聲中有義，一也。聲母通假，二也。字義同緣於受名之故同，三也。」〔註11〕「聲母通假」爲聲符義研究的重點，前人治理頗多，成果豐贍，我們在此不再贅述。

關於「聲符通假」，有一點需要說明。「聲符通假」這一說法本身缺乏科學性，文字從本質上來說是通過記錄語音來達意的，造字時所選定的聲符只要能標音就夠了，所以從文字記錄語詞的角度講，聲符無所謂假借。但是，從詞源研究的角度來看，這一提法卻有積極意義。因爲它是以詞源研究爲目的提出的，假借意味著有「假」有「本」，我們在尋「本字」的時候並非爲了尋出文字學意義上的本字，而是詞源學意義上的源詞。然而，音同之字往往通用，其數目不止一二。有時兩個或更多聲符常常通用，它們本身就是同源關係。此時我們的探尋所得到的「本字」並非該詞的語根，而是該詞所屬詞族中的一個滋生詞。得到這樣的結果並不意味著我們的探尋是無意義的，因爲我們所探尋到的「本字」可以使我們所研究的詞的理據更顯豁，同時使我們知道它的族屬。

如辟，《說文》：「法也。從卩，從辛，節制其辠也。」從「辟」得聲的「劈、擘、闢、糪、襞」皆含「判分」義。

劈，《說文》：「破也。」擘，《說文》：「撝也。」段注：「《禮記》：『燔黍捭豚。』注作擗，又作擘，皆同。擘豚，謂手裂豚肉也。」闢，《說文》：「開也。《虞書》曰：『闢四門。』」《易·繫辭上》：「夫坤，其靜也翕，其動也闢，是以廣生焉。」糪，《說文》：「炊米者謂之糪。」朱駿聲《說文通訓定聲》：「炊米半生半熟也。與㱃略同。」㱃，《說文》：「飯剛柔不調相著。」段注：「堅與柔不龢，謂不純堅，不純柔。柔者與堅者兩相附著，飯之不美者也。米者謂之糪，則純有性者也。」襞，《說文》：「韏衣也。」段注：「《韋部》曰：『革中辨謂之韏。』革中辨者，取革中分其廣折疊之。」《爾雅·釋器》：「革中絕謂之辨。」

郭注：「中斷皮也。」按：郭注以斷訓絕，誤。段注謂取革中分其廣折疊之，得之。絕、辨均有分義，「革中辨」並非以刀從中斷絕，而是指從中對折。故《廣雅》曰：「覊，曲也。」皮革、布帛折迭則層次分明，如瓜瓣清晰可辨，故「襞」又有「襞積」義。「襞」從「辟」得聲猶「瓣」從「辡」得聲，皆因判分而得名。

　　以上諸「辟」聲字當與「八、皮、釆、辰、半」等同源，辟、皮可以通用。《詩・周頌・載見》：「載見辟王。」辟，《墨子・尚同》引作「彼」。《老子》：「入軍不被甲兵。」被，河上公本作「避」。〔註 12〕我們姑且可以說「辟」通「皮」，也就是說「劈、擘、闢、擗、襞」等與「皮」同源，但是否由「皮」滋生則不敢質言，因爲「八、皮、釆、辰、半」等都與「辟」聲近，且都有「判分」義。

〔註12〕張儒、劉毓慶《漢字通用聲素研究》，山西古籍出版社，2002 年，526 頁。

第六章　同一聲符各聲符義之間的關係

　　同一聲符往往有多個聲符義，各意義之間的聯繫是我們這裡要繼續探討的問題。其實，在上面的研究中我們基本已經得出了同一聲符各意義間的關係。各聲符義的成因與它們之間的關係是密切相關的。因滋生的多向性而形成的同一聲符的多個意義，它們之間的關係往往是平行關係。由滋生的層次性形成的同一聲符的多個意義，它們之間的關係往往是引申關係或變易關係。

　　意義是有系統性的，意義的衍生發展多有規律可循，意義的相通也是有客觀規律或文化心理基礎的，不同的聲符含有相同的幾個聲符義便能說明這一點。同一意義衍生系列往往出現在幾組同族詞中，所以我們確定聲符義之間的關係時應該盡可能多地找尋相同的意義衍生義列。這是「比較互證」法的事實基礎。反過來，若某一意義衍生義列得到證實，它又可以指導新的意義引申義列的整理。

第一節　平行關係

　　同一事物或現象的特徵是多方面的，我們從不同的角度去觀察和體悟便會獲得不同的感受和經驗，這些不同的感受和經驗作爲語詞滋生的理據蘊含于滋生詞意義之中。正如詞義的輻射引申所產生的各義項處於同一層次一樣，這些蘊含於滋生詞中的聲符義反映了同一事物或現象的不同特徵，它們處於同一層

面。如：

聲符「夗」（宛）有「彎曲、微小、柔順、美好、拘束、鬱積」等義。「微小」義與「婉順、拘束、鬱積」等義處於同一層，均由「彎曲」義引申而來。

夗，《說文》：「轉臥也。」段注：「謂轉身臥也。《詩》曰：『展轉反側。』凡夗聲、宛聲字，皆取委曲意。」宛，《說文》：「曲草自覆也。」徐灝《注箋》：「夗者，屈曲之義。宛從宀，蓋宮室窈然深曲，引申爲凡圓曲之稱，又爲曲折之稱。」《漢書・楊雄傳・解嘲》：「欲談著宛舌而固聲。」顏師古注：「宛，屈也。」

〔彎曲〕：盌、鋺、睕、琬

盌，《說文》：「小盂也。」段注：「于夗皆坳曲意，皆以形聲包會意也。」鋺，《說文》：「小盂也。」睕，《說文》：「目無明也。讀若委。」戴侗《六書故・人三》：「睕，眸子枯臽也。」眸子枯臽亦含坳曲意。琬，《說文》：「圭有琬者。」段注：「先鄭云：『琬圭無鋒芒，故以治德結好。』後鄭云：『琬猶圓也，王使之瑞節也。』玉裁謂：『圜剡之，故曰圭首宛宛者。』」

〔婉順〕：婉

婉，《說文》：「順也。」段注：「《鄭風》傳曰：『婉然美也。』《齊風》傳曰：『婉，好眉目也。』」

〔微小〕：惌

惌，《周禮・考工記・函人》：「函人爲甲，眡其鑽空，欲其惌也。」鄭司農云：「惌，小孔貌。」

〔拘持、鬱積〕：苑、輐、怨

苑，《說文》：「所以養禽獸也。」段注：「古謂之囿，漢謂之苑。」苑爲拘養禽獸之地，有「拘囿」義，故古謂之囿。拘持、鬱積義相因，故苑引申有會集之義。《文心雕龍・才略》：「觀夫後漢才林，可參西京，晉世文苑，足儷鄴都。」

輐，《說文》：「大車後壓也。」王筠《說文釋例》：「《說文校議》曰：《一切經音義》作『大車後掩也。』嚴氏曰：『掩，亦蔽也。』筠案：《釋器》：『竹前謂之禦，後謂之蔽。』」案：輐當依《一切經音義》訓作「大車後掩也」。拘持、遮礙義相近。

怨，《說文》：「恚也。」《集韻·焮韻》：「慍，《說文》：『怒也。』或作怨。」從「盈」得聲之字有「鬱積」義，如熅，《說文》：「鬱煙也。」薀，《說文》：「積也。」醞，《說文》：「釀也。」慍或作怨，怨亦當有「鬱積」義。《荀子·國富》：「使民夏不宛暍。」注：「宛讀曰薀暑氣。」按，暍從曷聲，有「礙止」「鬱積」義，宛、暍連言，宛亦有「鬱積」義。《荀子·哀公》：「富有天下而無怨財。」楊倞注：「怨，讀爲薀。」怨、薀通，同源相假。又「怨」「瞋」同義，「瞋」有「鬱積」義。瞋，《說文》：「恚也。」瞋從眞聲，「眞」借作「仑」，爲「稠密」義，鬱積則濃密，二義相因。

下面說明各意義的引申關係。

「微小」義由「彎曲」義引申，曲則短小。《廣雅疏證·卷四上》「詘也」條王念孫云：「凡物申則長，詘則短。」《廣雅》：「屈，短也。」黃侃《爾雅音訓》：「凡從屈聲，多有短義。」〔註1〕張舜徽《鄭雅》云：「曲，猶小小之事也。」又《廣雅·釋詁二》：「區，小也。」而從區得聲之字多有曲義。如鰸，《說文》：「鰸魚也。狀似鰕，無足。」鰕狀如鉤，鰸似之，則含「曲」義。傴，《說文》：「僂也。」段注：「《問喪》注曰：『傴，背曲也。』《通俗文》：『曲脊謂之傴僂。』」又從「句」得聲之字多有「彎曲」義，而「駒、狗、鼩」均有「微小」義。駒，《說文》：「馬二歲曰駒。」段注：「《周禮·廋人》：『教駣攻駒。』鄭司農云：『馬三歲曰駣，二歲曰駒。』《月令》曰：『犧牲駒犢。』舉書其數，犢爲牛子，則駒，馬子也。」狗，段注：「按《釋獸》云：『未成豪，狗。』與馬二歲曰駒，熊虎之子曰豿同義。皆謂稚也。」鼩，《說文》：「精鼩鼠也。」段注：「《爾雅》謂之鼩鼠，郭注：『小鼱鼩也，亦名鼱鼩。』《漢書·東方朔傳》如淳注曰：『鼱鼩，小鼠也。』」

「彎曲」義引申而有「婉順」義。「委」有「彎曲」義，從「委」得聲之「覣」「倭」有「婉順」義。《說文》：「委，委隨也。從女，從禾。」徐鉉曰：「委，曲也。取其禾穀垂穗委曲之貌，故從禾。」按：禾與女子皆柔弱，故從女從禾會意。覣，《說文》：「好視也。」段注：「和好之視也。取委順之意。」倭，《說文》：「順貌。」順、美義通。䋣，讀若委。夗、委聲義皆同。卷義爲彎曲而從「卷」得聲之「婘」訓好。《廣雅·釋詁》：「婘、孎，好也。」王念孫《廣雅疏

─────────

〔註1〕黃侃《爾雅音訓》，上海古籍出版社，1983年，280頁。

證》云：「嫧與下『孃』字同。《玉篇》：『嫧，好貌。或作孃。』」鬈，《說文》：「髮好也。《詩》曰：『其人美且鬈。』」

「彎曲」亦有「拘持」「鬱積」義。《文始・六》：「凡委曲者或謂之區，藏匿也，或謂之句，曲也。並孳乳于曲。」〔註2〕《廣雅疏證・卷七下》：「軥謂之輗」條：

> 軥之言鉤也，拘也。《卷一》云：軥、輗、牵，引也。軥，曹憲音衢，字或作絇。《爾雅》：絇謂之救。郭注云：「救絲以爲絇，或曰亦胃名。」胃名之說，與上下文相合。……下救也拘，聲義相近，絇謂之救，猶云絇謂之拘，鄭注《周官・屨人》云：「絇謂之救，著於舄屨之頭以爲行戒。」《釋文》：「救、劉音拘。」疏云：「言拘，取自拘持是也。」絇謂之拘，猶云絇之言拘，鄭注《士冠禮》云：「絇之言拘，以爲行戒是也。」《爾雅》之絇，本是胃名，而鄭以釋屨頭飾者。絇所以拘持屨頭，軥所以拘持鳥獸，二者不同而同爲拘持之義，故其訓同也。凡物之異類而同名者，其命名之意皆相近。

本條說明「軥、絇、拘」表示的對象不同，但均有拘持之義。而「軥、絇、拘」均從「句」得聲，可見「詘曲」義與「拘持」義相關。

第二節　因果關係

一、客觀現象或事實中的必然聯繫

聲符「奄、弇」聲義皆同，都有「覆蓋、昏暗」二義，昏暗不明爲覆冒的結果。

〔覆蓋〕：醃、罨、裺、閹、掩、媕、渰、揜、鞥

醃，《說文》：「漬肉也。」漬肉即以水漫肉。《方言》卷十三：「漫、淹，敗也。」錢繹《箋疏》引楊倞注《荀子・榮辱篇》云：「水冒物謂之漫。」漫、淹義同，淹亦有「冒」義。罨，《說文》：「罕也。」罨從網，網用以弇取獵物，本有「冒覆」義。裺，《說文》：「褗謂之裺。」段注：「蓋奄覆之義。」閹，《說文》：「門豎也。宮中奄昏閉門者。」掩，《說文》：「斂也。小上曰掩。」《爾雅・釋

〔註2〕 章太炎《章氏叢書・文始》，浙江圖書館校刊，1917～1925年。

器》：「圜弇上謂之鼏。」器物口小則覆下。揜，《說文》：「誣挐也。」段注：「按
誣揜同字。」《方言》卷十：「挐，揚州會稽之語也。或謂之惹。或謂之誣。」
郭注：「注言誣誣也。」誣，《說文》：「加也。」有「覆蓋」義。濟，《說文》：「雲
雨貌。」段注：「濟，《漢書》作『黮』。按『有濟凄凄』，謂黑雲如馨，凄風怒
生，此山雨欲來風滿樓之象也。」「濟」形容烏雲蔽日，有遮蔽覆蓋之義。揜，
《說文》：「自關以東謂取曰揜。一曰覆也。」鞥，《說文》：「彎鞥。一曰籠頭繞
者。」段注：「籠頭卽羈也。繞，纏也。者當作也。鞥之言罨也。」

〔昏暗、黑〕：晻、黮、黗

晻，《說文》：「不明也。」段注：「《北征賦》：『日晻晻其將暮。』《漢書‧
元帝紀》：『三光晻昧。』《南都賦》：『晻曖蓊蔚。』《吳都賦》：『旭日晻哼。』
凡言晻藹，謂陰翳也。」「凡言晻藹，謂陰翳也。」「陰翳」即覆蓋之義，正見
覆蓋與昏暗的因果關係。黮，《說文》：「青黑色也。」段注：「謂青色之黑也。」
黗，《說文》：「果實黗黮黑也。」

二、客觀現象或事實中的非必然聯繫

此類關係符合客觀規律，但不必然發生。

「高」義與「明」義相關，日高則明，日低則暗。《六書故》：「亮，從兒從
高省。」聲符「堯」既寓「高」義又含「明」義。

〔高〕：嶢、顤、翹

嶢，《說文》：「焦嶢，山高貌。」顤，《說文》：「高長頭。」翹，《說文》：「尾
長毛也。」段注：「班固《白雉詩》：『發晧羽兮奮翹英。』《射雉賦》：『斑尾揚
翹。』按尾長毛必高舉，故凡高舉曰翹。《詩》曰：『翹翹錯薪。』」

〔明〕：曉、皢

曉，《說文》：「明也。」段注：「此亦謂旦也，俗云天曉是也。引伸爲凡明
之偁。」皢，《說文》：「日之白也。」

從「高」得聲之「縞、鷎、暠」等均有「明」義。

縞，《說文》：「鮮色也。」段注：「《鄭風》：『縞衣綦巾。』毛曰：『縞衣，
白色男服也。』王逸曰：『縞，素也。』」鷎，《說文》：「鳥白肥澤貌。」《詩‧
大雅‧靈臺》：「白鳥鷎鷎。」

章太炎《文始》卷九「高」下云：「高、明本一義之變。」杲，明也；晧，

日出貌；皎，月之白也；皦，玉石之白也；顥，白首也。皠，鳥之白也。並與高聲近，均有明、白義。張舜徽《演釋名》：「杲，高也，謂日高在木上，其明四照也。杳，窈也，謂日落在木下，其光冥暗也。」〔註3〕杲、高通用，《國語‧齊語》：「及寒，擊菒除田。」韋昭注：「菒，枯草也。」徐元誥云：「菒即槁，《管子‧小匡》篇正作槁。」

高、明相因建立在日光的基礎上，光明來自太陽，正午的太陽要比朝夕之時高，光照強，這是人們的生活經驗，「高」義與「明」義的相關是人們生活經驗在語言中的反映。並非任何情況下「高」義都能引申出「明」義，因此，「高」義與「明」義的聯繫既有客觀基礎又不必然發生。又如「長」義與「臭」義發生關係。《廣雅‧釋器》：「潲、濯，潲也。」王念孫《廣雅疏證》：「長謂之脩，亦謂之梢，亦謂之擢；臭汁謂之潲，亦謂之潲，亦謂之濯。事雖不同，而聲之相轉則同也。」王念孫證明了「臭」義與「長」義相因，泔水（汁）存放時間長則變溲，所以臭、長相因，然而這一關係只發生在泔水或其他可致腐敗的事物之上，不具普遍性。

聲符義的這種關係說明語詞滋生過程中所呈現出的兩意義之間的聯繫往往並不普遍適用，這就需要我們在探求詞源意義的引申運動時具體問題具體分析，仔細考察、求證。

三、相反關係

我們的祖先很早就掌握了相反相成的道理，作為一種重要的認識，它必然在語言中有所體現。如「面」由「面向」義引申為「背向」義便是反向的引申。《楚辭‧離騷》：「偭規矩而改錯。」王逸注：「偭，背也。」《廣雅‧釋詁四》：「面，嚮也。」《廣雅‧釋詁二》：「偭，偝也。」「偭」為後出分化字，專表「背向」義。相反相成的道理在聲符義之間的關係中亦有所體現。同一聲符含相反或相對的兩個意義的情況已得到很多研究者的重視，如沈兼士、徐朝東、曾昭聰等。

徐朝東先生撰有《同一聲符的反義同族詞》〔註4〕一文，列舉了部分有相反關係的聲符義，如「堯」有「高大」「短小」義；「介」有「大」「小」義；「黨」

〔註3〕 張舜徽《演釋名》，《鄭學從著》，齊魯書社，1984年，430頁。

〔註4〕 徐朝東《同一聲符的反義同族詞》，《古漢語研究》，2001年第1期。

有「明」「解悟」義及「昏昧」「不明」義等。曾昭聰先生撰有《同聲符反義同源詞研究綜述》一文，對前修時彥的相關研究作了總結，可資參考。〔註5〕

　　詞義可能向相反的方向引申，這是客觀規律。但是，當某一聲符有意義相反的兩個聲符義時我們還須謹慎判斷，不能輕言反向引申。

四、感性關係

　　語言是文化的載體，語詞的滋生理據反映了古人對事物或現象的感性和理性認識。所謂感性聯繫是指聲符義之間的聯繫並不以客觀規律爲基礎，而是以心理感受爲基礎。如前面所說「詘曲」義引申出「委順」「美好」義，這體現了古人面對客觀事物時的心理感受。房德里耶斯對文化心理現象有很經典的論述，他說：

> 　　痛苦的觀念很容易和巨大的觀念發生聯繫，又如強暴的觀念容易和力量的觀念發生聯繫。……憐憫的觀念很容易轉變爲柔情的觀念。人們想到不幸總會摻雜著同情。憐和愛在人們的心田裏是很接近的。可憐的觀念和小的觀念都跟軟弱同義，它們會立刻鈎起柔情和憐憫。〔註6〕

房德里耶斯的體察細緻入微，以上所述各種觀念的心理聯繫也存在於漢民族的心理之中。如「憐和愛在人們的心田裏是很接近的。」「憐」既訓愛又訓哀。愖，《說文》：「憮也。」段注：「《方言》：『愖，憐也。』上文『憮，愛也。』愛與憐同義。」《方言》卷一：「悽、憮、矜、悼、憐，哀也。」

　　又如古人既以大爲美，又以小爲美，以整齊、鮮潔、純一、柔順爲美，這顯然不是對客觀規律的反映，而是漢民族審美心理的流露。

　　「大」與「美」義相通。《詩·簡兮》：「碩人俁俁。」傳云：「俁俁，容貌大也。」《釋文》：「《韓詩》作扈扈，云：美也。」馬瑞辰云：

> 　　「俁與扈音近，美與大亦同義，故扈扈訓美，又訓大，《檀弓》：『爾毋扈扈爾』，鄭《注》：『扈扈謂大』是也。」《廣雅疏證·卷一上》：「皇、翼、蒸、將，美也。」王念孫疏證：「皇者，《爾雅》：『皇

〔註5〕　曾昭聰《同聲符反義同源詞研究綜述》，《古漢語研究》，2003年第1期。

〔註6〕　房德里耶斯《語言論》，商務印書館，1992年，230～232頁。

皇，美也。』《白虎通義》云：『皇，君也。美也，大也。天人之摠，美大之稱也。』翼者，《毛鄭詩考正》云：『《卷阿》五章，有馮有翼，爲忠誠滿於内；翼，盛也，謂威儀盛於外』，盛亦美也。烝者，《魯頌·泮水》：篇『烝烝皇皇』，毛傳云：『烝烝，厚也。皇皇，美也。』厚亦美也。將者，《豳風·破斧》首章：『亦孔之將』，毛傳云：『將，大也。』大亦美也。美從大，與大同義。」

「皇、將」有「大」義，「翼、烝」有「盛」義，「盛」「大」義近，均有「美」義。

「我」聲有「高大」「美好」義。

〔高大〕：峨

峨，《說文》：「嵯峨也。」峨義爲山勢高峻，宋玉《女神賦》：「其狀峩峩，何可極言。」

〔美好〕：誐、娥

誐，《說文》：「嘉善也。」嘉，《說文》：「美也。」娥，《說文》：「帝堯之女，舜妻娥皇字也。秦晉謂好曰娙娥。」《方言》卷一：「娥、嬴，好也。秦曰娥，秦晉之閒凡好而輕者謂之娥。」

「微小」義與「美好」義通。《詩·齊風·甫田》：「婉兮孌兮。」毛傳：「婉孌，小好貌。」《方言》卷十三：「純、嫷，好也。」郭注：「嫷嫷，小好貌也。」《廣雅·釋詁一》：「釥、嫽，好也。」王念孫《廣雅疏證》：「釥、嫽者，《方言》：『釥、嫽，好也。青徐海岱之間曰釥，或謂之嫽。』注云：『今通呼小姣潔喜好者爲嫽釥。』釥猶小也，凡小與好義相通，故孟喜注《中孚卦》云：『好，小也。』」

聲符「兆」含「微小」「美好」義。

〔微小〕：鞀、窕、羝

羝，《說文》：「羊未卒歲也。」《廣雅·釋獸》：「吳羊牡一歲曰牡羝，三歲曰羝。其牝一歲曰牸羝，三歲曰羘。」三歲曰羘與未卒歲相對，羘有「大」義，《詩·陳風·東門之楊》：「東門之楊，其葉羘羘。」毛傳：「羘羘然盛貌。」故羝有「小」義。鞀，《說文》：「遼也。鼗，鞀或從兆聲。藂，鞀或從鼓兆。」段注：「《周禮》注曰：『鞀如鼓而小，持其柄搖之，旁耳還自擊。』」窕亦有「小」

義，《左傳‧昭公二十一年》：「天子省風以作樂……小者不窕，大者不摦，則和於物。」杜預注：「窕細不滿。」《漢書‧五行志下之上》：「夫天子省風以作樂，小者不窕。」顏師古注：「窕，輕小也。」

〔美好〕：姚

姚，《說文》：「嬈也。」《方言》卷十三：「姚，美也。」

「肖」聲有「小」義，從「肖」得聲的「俏」有「美好」義。《廣韻‧笑韻》：「俏，俏醋，好貌。」《集韻‧笑韻》：「俏，好貌。」

「微小」「美好」義通同樣反映了人類的審美心理。孫雍長先生對小、好的義通關係作了很深入的闡釋，他說：

> 所謂「小與好義相近」，就其義通這一語義現象之緣由來說，主要還是一種功利觀念的反映。因為小的東西一般都比較精細，故「小」與「精」同義。《書‧君奭》篇「文王蔑德」，鄭注：「蔑，小也」，正義：「小謂精也」。以「小」為「好」，即是以精妙為良善。〔註7〕

盛林先生說：

> 「小」之所以與「好」義相近，恐怕緣於「小」的事物常常給人柔弱的、可愛的感覺，這是一種好的情感聯想，所以說「小與好義相近」。〔註8〕

從以上義通關係中，我們窺見了古人的審美觀，即以宏大、精小的事物為美，這就是語言蘊含文化的表現之一。許威漢先生說：

> 古人的審美觀點：以豐滿為美，不像今天到處是瘦身廣告，以苗條為時髦。所以《詩經‧鄭風‧豐》說道「子之豐兮……」意思就是「你真豐滿啊」。這句誇獎的話，跟「你真好看啊」是等值的。因為當時的風尚這樣，所以稱男人好看，說是「美豐儀」。〔註9〕

先生的論斷是極正確的，先生以「瘦」字字形從「疒」，認為古人把瘦看做一種病態。我們從語詞的滋生出發，同樣得出古人以高大、豐滿為美的結論。

〔註7〕 孫雍長《王念孫「義通」說箋釋》，《管窺蠡測集》，嶽麓書社，1994年。

〔註8〕 盛林《〈廣雅疏證〉中的語義學研究》，上海人民出版社，2008年，68頁。

〔註9〕 許威漢《訓詁學讀本》，上海交通大學出版社，2010年，12頁。

又如姕，《說文》：「美女也。」姕從多得聲，多有「盛多」義。《方言》卷一：「娥、嬴，好也。」嬴從嬴得聲，嬴與贏、盈聲義皆近，故有滿、餘二義。《荀子・非相》：「與世偃仰，緩急嬴詘。」楊倞注：「嬴，餘也。」《太玄・數》：「極三爲推，推三爲嬴替。」范望注：「嬴，滿也。」嬴有「滿」義，故嬴有「美好」義。

「整齊」「鮮潔」與「美」義相通。《方言》卷十：「媞、嫧、鮮，好也。」錢繹《箋疏》：「《集韻・翰韻》：『媞，好也。謂婦人齊正貌。』《說文》：『嫧，齊也。』齊、嫧，一聲之轉。好謂之媞，亦謂之嫧；齊謂之媞，亦謂之嫧。《廣雅・釋詁四》又云：『媞、嫧，齊也。』『整齊』與『鮮潔』義相通。」「純」與「美」義相通。《方言》卷十三：「純，好也。」《廣雅・釋詁一》：「純，好也。」

如此之類，不勝枚舉，其中的文化蘊含值得大力挖掘。

五、變易關係

由滋生的層次性形成的同一聲符的多個意義，它們之間的關係又可能是變易關係。變易關係有很大的或然性，並不以客觀規律爲前提。如「至」聲有「直」義，又有「頸」義；「重」聲有「重」義，有「聚」義；「悤」聲有「中空」義，又有「青色」義。我們知道，上述各意義都是各組同源詞的詞源意義，聲符義之所以發生變異，是因爲在語詞滋生過程中，以某一滋生詞爲源詞，以滋生詞的非詞源意義的義素爲契機滋生新詞，從而產生了新的詞源意義。如滋生詞「蔥」得義於「悤」，其詞源意義爲「中空」，又以「蔥」爲源詞，滋生出「璁」「聰」，滋生詞的詞源意義爲「青色」。「中空」與「青色」並無直接聯繫，只因「蔥」具有這兩種特徵而偶然地發生了關係，並且二者不在同一層次上。「青色」顯然不是「悤」的本義、引申義或假借義，那麼我們爲什麼又同意「悤聲含青色義」的說法呢？我們認爲，原因有三：

一是由於滋生詞由源詞滋生出來的依據是它們所指的事物或現象的相似性、相關性，所以各滋生詞的意義必相同或相近。所謂「相同或相近」不過是沿襲傳統說法，表現在詞義上，就是有相同義素。如《說文》：「騅，馬白額。」段注云：「鳥之白曰䧹，白牛曰㸰。」《說文》：「㸰，白牛也。」段注云：「白部曰：䧹，鳥之白也。此同聲同義。」騅、䧹、㸰都具有「白」這一特徵，段氏

所謂同義只是特徵的同、義素的同，即具有相同的詞源意義。黃易青先生說：「清段玉裁《說文解字注》常說的『凡某聲多有某義』，當代楊樹達說的『形聲中有義』『字義同緣於語源同』，其中的『義』都與詞源意義相應。」〔註10〕

二是由於形聲字的特殊結構。形聲字由可表範疇義的形符和可標音的聲符構成。

三是由於傳統釋義一般採取「屬性＋類別」的方式。「古代訓詁對詞義結構的兩分，跟漢語詞彙義的結構、詞義運動發展的規律是一致的。」〔註11〕「從古代訓詁來看，詞源學上的詞義結構是兩分的。古代訓詁有很大部分是從意義結構分析的角度而做出的。如《釋畜》：『四膠皆白，驓；四蹄皆白，驈；前足皆白，騹；後足皆白，狗；前右足白，啓。』」〔註12〕《說文》的訓釋也多用兩分的形式，如「狡，小犬也；豥，牡豕也；馴，馬順也」等。

這三方面的因素共同促成了聲符的「義」。各詞有共同的義素，記錄它們的字又有共同的聲符，一經分析，這意義自然就落到了聲符的頭上。王寧先生所使用的義素分析法便能說明我們的觀點，所謂義素分析法，即「把詞的用來判定同源關係的義位切分為兩部分──詞義特徵和概念所表事物類別，從而得到同一組同源詞的相同的意義即意義特徵的方法」。〔註13〕王寧先生所舉的例子正是一組同諧聲字記錄的同源詞。雖然她所舉的一組形聲字的聲符確實是含義的，但是這個方法也用在了改換形符而成的同諧聲字組上，如「蔥、璁、瑽、驄」，從而得出聲中有義的結論，如「悤」有「青色」義。

雖然這種聲符義是人們分析出來的意義，但這並不影響聲符的示源功能，有鑒於此，我們認為將同源詞的詞源意義賦予記錄它們的形聲字的聲符，並視為聲符所蘊含的意義，這是有利於我們的同源詞研究的。故而，我們對這類「聲符義」不持否定的態度，反而把它作為研究手段。那麼，在下面的分析中，我們仍把同源詞的詞源意義賦予改換形符而成的同諧聲字組的聲符，稱之為聲符義。

〔註10〕 黃易青《上古漢語同源詞意義系統研究》，商務印書館，2007年，105頁。

〔註11〕 黃易青《上古漢語同源詞意義系統研究》，商務印書館，2007年，137頁。

〔註12〕 黃易青《上古漢語同源詞意義系統研究》，商務印書館，2007年，133頁。

〔註13〕 黃易青《上古漢語同源詞意義系統研究》，商務印書館，2007年，127頁。

小　結

通過上述分析，我們看到同一聲符的各聲符義往往存在聯繫，這些聯繫多存在於兩兩之間。上述聲符義間的各種關係可歸結為三種，即引申、平行與變易，而平行關係又是引申的結果。如聲符夗（宛）有「彎曲、微小、柔順、美好、拘束、鬱積」等義，「微小」義與「柔順、拘束、鬱積」義處於同一層，是平行關係，它們均由「彎曲」義引申而來。由「彎曲」向不同的方向引申出以上諸義，為引申方式的兩種類型之一，即「輻射式」引申。引申的另一引申類型「連鎖式」在聲符義的關係中也得到了體現。如：

聲符「蒙」含「覆蓋、昏暗、微小」等義，三義遞相引申。覆蓋則昏暗不明，《書·洪範》：「乃命卜筮，曰雨，曰霽，曰蒙，曰驛，曰克，曰貞，曰悔，凡七卜。」孔傳：「蒙，陰暗。」昏暗不明則看不清事物，微小的事物亦難以看清，故「昏暗」義與「微小」義相因。梁啟超《從發音上研究中國文字之原》：「視而不明謂之蒙；雨之細而不易見者謂之濛」，正可說明「昏暗不明」義與「微小」義相關。

〔蒙覆〕：幪、玁、瞢

幪，《說文》：「蓋幪也。一曰禪被。」段注：「幪之言幎也。」幎從冥得聲，亦有「冒覆」義。《方言》卷四：「襦裙謂之幪。」錢繹《箋疏》：「幪、幭、幧、幎、襆、幕、幎、幂、冖，聲義並同。是凡言幪者，皆覆冒之義也。」玁，《說文》：「汙血也。」段注：「漢文三王傳：『汙玁宗室。』孟康曰：『玁音漫。』」瞢，《說文》：「目眵也。」段注：「《呂氏春秋》：『氣鬱處目則為瞢。』高注：『瞢，眵也。』按蒙者假借，瞢者或體。瞢兜，見部作覕，云目蔽垢。」按：段注已明其由，瞢由「蒙覆」義得名。

〔不明〕：蔑

蔑，《說文》：「勞目無精也。」段注：「目勞則精光茫然。通作眜。如《左傳》『公及邾儀父盟於蔑』，『晉先蔑』，《公》《穀》皆作眜是也。引伸之義為細，如木細枝謂之蔑是也。又引伸之義為無，如亡之命矣夫，亦作蔑之命矣夫是也。」

〔小〕：糠、㦬

糠，末也。段注：「末，小徐本作蔑。據《玉篇》云：糠或作蔴。則糠蔴一

字。糠者，自其細蔑言之。」憮，《說文》：「輕易也。《商書》曰：『以相陵憮。』」按：憮即輕蔑、小視義。《廣雅・釋詁二》：「憮，小也。」《國語・周語中》：「鄭未失周典，王而蔑之，是不明賢也。」韋昭注：「蔑，小也。」

　　至此，我們看到聲符義之間所存在的關係是由於聲符義的引申而形成的，它們或為引申義與所從引申之義的關係，或為因引申而形成的平行關係，要言之，均與聲符義引申相關。聲符義之間的聯繫向我們透露出這樣一個信息，即聲符義的相關是聲符義的引申造成的。

第七章　詞義引申與語詞滋生的關係

　　詞義引申是指「詞義從一點出發，沿著本義的特點所決定的方向，按照各民族的習慣，不斷產生相關的新義或滋生同源的新詞，從而構成有系統的義列。」〔註1〕陸宗達、王寧先生對「引申」的定義已經涉及詞義引申與語詞滋生的部分關係，即「詞義在引申過程中，中途派生了新詞或孳乳了新字」〔註2〕，也即語詞分化滋生。

　　詞義引申與語詞滋生的關係極爲密切，其關係究竟如何，歷來少有人措意。一般認爲語詞滋生均由詞義引申導致，但詞義引申如何導致了語詞的滋生則未見全面的論述。許多學者簡單地將詞義引申分化與語詞滋生對應起來，如張博先生說：「發生學分類法揭示了漢語同族詞的孳生有兩條途徑，一是詞義的引申分化，一是語音的流轉變化。」〔註3〕張先生將所有的非音轉滋生的詞都看做語詞分化滋生詞，自然用不著討論詞義引申與語詞滋生之間的關係。語詞的滋生並非只有詞義引申分化滋生這一種方式，所以詞義引申與語詞滋生的關係並非簡單的因果關係，而是存在很複雜的聯繫。

　　就筆者所見材料來看，黃易青先生對二者關係的研究最全面、最深入。他

〔註1〕　王寧《訓詁學原理》，中國國際廣播出版社，1996年，54頁。

〔註2〕　詳參陸宗達、王寧《訓詁方法論》，中國社會科學出版社，1983年，143頁。

〔註3〕　張博《漢語同族詞的系統性與驗證方法》，商務印書館，2003年，39頁。

說：

> 由於源義素小於一個義位，所以它不體現在語言交流中，不在
> 交流中實現義值，而是在詞義運動中起主導作用。──這種「詞義
> 運動」，就是人的思想認識的發展變化反映於詞義關係中。詞義運動
> 包括詞義引申和詞的派生，派生是從引申開始的，二者可以綜而觀
> 之。〔註4〕

應該承認，詞義的引申可以直接導致語詞的滋生，即引申義項脫離源詞而獨立
成詞。如陸宗達、王寧先生所說：「在引申系列中，應當包括兩種引申的結果：
其一，是依託於同一詞形的多義詞的各個義項。其二，是同根的派生詞。」
〔註5〕我們前面已多次談到，語詞的滋生並非「引申分化」一途，還有相似類
比、相關聯想、語音變易滋生等方式。引申分化滋生只是詞義引申與語詞滋生
之間及其淺顯易見的關係，二者之間還有更為隱秘卻極其重要的聯繫等待我們
去探索、發掘。

第一節　詞義引申分化新詞

詞義引申分化是滋生新詞的主要方式之一。詞義引申是人類語言的共性，
一詞沿著一個方向遞相引申或者多向引申，其結果都是形成與語詞本義親疏關
係不一的多個義項，這些義項若從源詞中脫離出來，就完成了語詞的滋生。這
一現象早已被學者言明，在前面的論述中亦已論及，這裡不再贅述。

第二節　詞義引申與聲符義引申具有同律性

如前所述，同一聲符各聲符義之間的聯繫是聲符義運動的結果，其運動方
式即引申，因此，詞義引申與聲符義引申可能具有相同的規律。黃易青先生對
此有精當的論述，他說：

> 詞源意義的變化發展，與詞義的引申是性質和內涵都不同的意
> 義運動，但是，二者又有較密切的關係：詞源意義的變化發展，決

〔註4〕黃易青《上古漢語同源詞意義系統研究》，商務印書館，2007年，143頁。

〔註5〕陸宗達、王寧《訓詁方法論》，中國社會科學出版社，1983年，143頁。

定詞義引申的方向；觀察、研究詞源意義運動和詞源意義系統，也是通過詞義運動即詞義引申和在引申基礎上的派生的觀察來進行的。所以，在具體進行研究詞源意義運動和詞源意義系統之前，必須先對詞義引申的有關原理作一番探討。同時，由於我們觀察詞源意義的運動及其系統首先是以引申為觀察對象，我們觀察到的詞源意義關係，首先與詞的引申義之間的關係有某種平行和類似。〔註6〕

既然黃先生已經發現了這一規律，我們這裡的研究似乎是在作重複性工作，事實上並非如此。黃先生的研究是以他所能觀察到的所有的同源詞為對象的，而我們的研究是以聲符示源為核心的，從範圍上來講，我們的研究範圍較為狹窄。從結論上來講，聲符示源的研究可見同源詞理論之全豹，廣狹不同的研究均得出「詞義引申與詞源意義運動（即本研究中的聲符義）具有共同的規律」這一結論更可說明聲符示源研究對詞族研究的理論和實踐都有重要意義。

詞義引申與聲符義運動具有同律性這一發現對詞源研究有極大的意義。前面我們展示了同一聲符各意義之間的關係，發現它們之間的關係符合詞義引申的規律，這就說明聲符義的運動實際上也是一種意義的引申。聲符義的運動與詞義的引申都是從詞的本義出發的，所以它們極有可能形成相同的引申義列。〔註7〕

如「蒙」有「覆蓋」義，《方言》卷十三：「蒙，覆也。」《詩・鄘風・君子偕老》：「蒙彼縐絺，是紲袢也。」有「欺瞞」義，《左傳・昭公二十七年》：「鄢氏、費氏自以為王，專禍楚國，弱寡王室，蒙王與令尹以自利也。」有「昏暗」義，《書・洪範》：「乃命卜筮，曰雨，曰霽，曰蒙，曰驛，曰克，曰貞，曰悔，凡七卜。」孔傳：「蒙，陰暗。」有「無知」義，《易・蒙》：「匪我求蒙童，蒙童求我。」孔穎達疏：「蒙者，微昧暗弱之名。」有「微小」義，《易・序卦》：「物生必蒙……蒙者蒙也，物之稺也。」李鼎祚集解引鄭玄曰：「蒙，幼小之貌，齊人謂萌為蒙也。」我們便可梳理出如下引申義列：

〔註6〕　黃易青《上古漢語同源詞意義系統研究》，商務印書館，2007年，228頁。

〔註7〕　引申義列指：「本義和引申義可以從平面上系聯起來，整理成一個連貫的意義系列，稱作引申義列。」詳見王寧《訓詁學原理》，中國國際廣播出版社，1996年，58頁。

1.蒙覆；1.1 昏暗；1.1.1 微小；1.1.2 無知；1.2 欺騙

「蒙」作聲符其聲符義有如下引申義列：1.蒙覆；1.1 昏暗不明；1.1.1 微小

1.〔蒙覆〕：幪、矇、䉑

幪，《說文》：「蓋衣也。」字又作幪，幪從蒙得聲，蒙從冡得聲，從蒙或冡無別。矇，《說文》：「童蒙也。一曰不明也。」段注：「此與《周易》童蒙異。謂目童子如冡覆也。毛公、劉熙、韋昭皆云：『有眸子而無見曰矇。』鄭司農云：『有目朕而無見謂之矇。』其意略同，毛說為長，許主毛說也。《禮記》：『昭然若發矇。』謂如發其覆。」按：覆蓋則不明，二義相因。䉑，《說文》：「䉏生衣也。」段注：「包會意。」「衣」有「冡覆」義，《周易‧繫辭下》云：「古之葬者，厚衣之以薪。」「衣」即「覆蓋」義。

1.1〔昏暗〕：朦、矇

朦，《說文新附》：「月朦朧也。」朦朧即不明。辛棄疾《添字浣溪沙》：「酒面低迷翠被重，黃昏院落月朦朧。」

矇，《說文》：「童蒙也。一曰不明也。」

1.1.1〔渺小〕：濛、騥、蠓

濛，《說文》：「微雨也。」《玉篇‧水部》：「濛，微雨貌。」《詩‧豳風‧東山》：「我來自東，零雨其濛。」毛傳：「濛，雨貌。」

騥，《說文》：「驢子也。」又作騄。韓愈《祭河南張員外文》：「僕來告言，虎入廄處，無敢驚逐，以我騥去。」

蠓，《說文》：「蠛蠓也。」段注：「《釋蟲》曰：『蠓，蠛蠓。』孫炎曰：『此蟲小於蚊。』」《爾雅音訓》：「小雨謂之霢霂。霢霂猶緜蠻，蠛蠓也。木草又有蘽蕪、緜馬，皆有小義。」〔註8〕

「蒙」由「蒙覆」義引申出「昏暗、微小、無知、欺騙」等義，它作聲符時亦含「蒙覆、昏暗、微小」等義，這足以得出以下結論：聲符義有時即聲符所表語詞的本義、引申義；聲符義引申義列與聲符所表語詞的詞義引申義列有點、段、綫的重合。當然，聲符義可以有它自己的發展方向和發展脈絡，但它的運動總是引申的運動。

〔註 8〕黃侃《爾雅音訓》，上海古籍出版社，1983 年，171 頁。

第三節　語詞的理據往往成爲語詞的直接引申義

詞義引申是指「詞義從一點出發，沿著本義的特點所決定的方向，按照各民族的習慣，不斷產生相關的新義」〔註9〕。詞義引申沿著其「本義的特點」所決定的方向進行，最容易被把握的「特點」往往是語詞的理據。劉師培《字義起於字音說上》：「古人觀察事物以意象區不以質體別。」〔註10〕《物名溯源》：「今考其（按：動植物）得名之由，或以顏色相別，或以形狀區分。……故欲考物名之起源，當先審其音，蓋字音既同，則物類雖殊而狀態、形質大抵不甚相遠。」〔註11〕事物的形狀、顏色、大小等往往是古人命名的依據，因此，在人腦所儲存的相關概念中，該特徵即命名理據最爲突出，該事物與其命名理據在人們心理上是緊密相連的，並且這一聯繫在使用中得到傳承、突顯。這一現象已有學者作過相關論述。劉師培《正名隅論》：

> 古人名物用名詞以代靜詞，如「天」本蒼穹也，而理稱天理。《漢書》復言「食爲民天」，則「天」字即尊大二字之義耳。「極」本屋樑，而《易》言「太極」，《書》言「皇極」，則「極」字即中正二字之義耳。又如物之大者，古人不稱爲大，或稱爲「王」（如《爾雅》王蛇、王雎是也），或稱「牛」（如《爾雅》牛蘄、牛藻、牛蘈、牛棘是也），或稱蜀（如《爾雅》蜀葵、蜀雞是也），或稱戎，或稱龍，或稱虎，或稱鴻。物之小者古者不稱爲小，或稱爲童，或稱爲妾，或稱爲荊，或稱爲楚、鹿、羊、菟、鼠、燕、雀。〔註12〕

以上現象究其原委，只因「天」有大的特徵；「極」處於屋的中央，有中正的特徵；王、牛、蜀、戎、龍、虎、鴻均有大的特徵；童、妾、荊、楚、鹿、羊、菟、鼠、燕、雀均有小的特徵，以表示事物的名詞來表示事物特徵的過程，正

〔註 9〕王寧《訓詁學原理》，中國國際廣播出版社，1996 年，94 頁。

〔註10〕劉師培《劉申叔遺書・左盦集・字義起於字音說上》，江蘇古籍出版社，1997 年，1239 頁。

〔註11〕劉師培《劉申叔遺書・左盦外集・名物溯源》，江蘇古籍出版社，1997 年，1443 頁。

〔註12〕劉師培《劉申叔遺書・左盦外集・正名隅論》，江蘇古籍出版社，1997 年，1419 頁。

是命名理據被突顯的過程。這一突顯過程亦可看做詞義的引申過程，由名詞到形容詞，符合由具體到抽象引申的一般規律。「詞義引申最一般、最基本也是最重要的規律是，詞義所指對象從個別到一般，從具體到抽象。語詞本義的直接引申義往往原來是本義中所寓含的一個義素，在引申發展過程中，捨棄了具體性的義素，而抽象性義素則發展為一個獨立的義項。」〔註13〕事物的顯著特徵往往表現為表達該事物的語詞的一個抽象性義素，從而發展為記錄該事物的語詞的一個引申義項。「弦」有急義，楊樹達《釋弦》：「慈，急也。從心，從弦，弦亦聲。按：慈訓急，謂性急也。許云從心從弦，弦亦聲。以為聲兼義字，是許君固知弦有急義也。《韓非子·觀行篇》云：『董安於之性緩，故佩弦以自急』，此弦有急義之切證也。《史記·倉公傳》曰：『脈長而弦』，謂脈長而急也。」〔註14〕弦為何有急義？弦張於弓上，處於緊繃的狀態，緊急義相通，所以「緊急」由弦的特徵升級為弦的一個引申義位。

事物的顯著特徵因最易為人們所把握而成為命名理據，同時，事物的顯著特徵因其最易為人們所把握而從表達該事物的語詞的意義中脫離出來成為一個直接引申義位，這兩方面作用的結果便是命名理據與直接引申義的重合，即詞源意義與直接引申義的重合。

如冒，《說文》：「冢而前也。」徐灝《注箋》：「冒，即古帽字。冃字形略，故從目作帽。引申為冢冒之義後，為引申義所專，又從巾作帽，皆相承增偏旁也。」「冒」即「帽」之本字，因冒覆於頭而得名。冒、毛同源，均有「冒覆」義，《釋名·釋形體》：「毛，貌也，冒也，在表所以別形貌，且以自覆冒也。」「冒」因覆冒於頭而得名，因此引申出「冒覆」義。

語詞滋生理據與語詞引申義的重疊可以使我們通過語詞的引申義來探尋語詞的滋生理據。當然，上述現象只是可能，我們不能以偏概全。

第四節　語詞引申的兩個方向與語詞的滋生

詞義引申有縱向與橫向兩種模式，「縱向引申是源義位在邏輯思想的各個不同範疇之間體現為不同的意義。它是理性義位循著客觀規律、認識規律的軌

〔註13〕殷寄明《漢語語源義初探》，學林出版社，1998年，56頁。

〔註14〕楊樹達《積微居小學述林·釋弦》，中華書局，1983年，27頁。

道，引申出新的義位，它反映認識的縝密化和發展。因爲它是思維認識精密化和深化的結果，所以稱爲縱向引申。」「橫向引申是同一個理性義位在各個物類範疇（不是邏輯範疇）具體表現出不同的意義，表示屬於不同事物類別的具體事物。」〔註15〕

黃侃可能是最早提出「橫向引申」「縱向引申」的學者，黃侃在《訓詁學講詞》中說：「訓詁有橫有直。」〔註16〕這一引申理論最早當可追溯至章太炎對實、德、業三類語詞孳乳關係的論述，他說：「太古草昧之世，其言語惟以表實，而德、業之名爲後起。故牛、馬名最先，事、武之語乃由牛、馬孳乳以生。世稍文，則德、業之語早成，而後施名於實。故先有引語，始稱引出萬物者曰神。先有提語，始稱提出萬物者曰祇。」〔註17〕他認爲，語言中的原始詞爲表實的名詞，然後在名詞的基礎上引申出表狀態與功能的形容詞與動詞，此即縱向的引申；而後又在形容詞、動詞的基礎上滋生名詞，此即橫向的引申。

聲符義是抽象的隱性義素，它的引申並非滋生新詞，而是產生新詞滋生的意義基礎，這是縱向引申的結果。在抽象的聲符義的基礎上橫向引申便滋生出許多新詞，即章太炎所說的「世稍文，則德、業之語早成，而後施名於實。」橫向引申其實就是我們所說的形似類比滋生，稱其爲引申只是遵照通行的說法，即陸宗達、王寧先生所說的「同狀的引申」〔註18〕。

語詞的滋生是在詞義引申、聲符義的引申的推動下進行的，但並非引申的直接結果便是分化滋生新詞，大部分語詞的滋生是在聲符義縱向引申的基礎上橫向引申而滋生的，陸忠發先生將這種滋生方式叫做「概念的類推」〔註19〕，足以表現其特徵。

昏，《說文》：「日冥也。」吻，《說文》：「口邊也。脣，吻或從肉從昏。」勿、昏通用。昏作聲符有如下聲符義，其引申義列爲：

〔註15〕 黃易青《上古漢語同源詞意義系統研究》，商務印書館，2007年，230頁。

〔註16〕 參見陸宗達、王寧《訓詁方法論》，中國社會科學出版社，1983年，27頁。

〔註17〕 章太炎《語言緣起說》，《章氏叢書·國故論衡》，浙江圖書館校刊，1917～1925年。

〔註18〕 詳見陸宗達、王寧《訓詁方法論》，中國社會科學出版社，1983年，155～157頁。

〔註19〕 陸忠發《漢字學的新方向》，浙江大學出版社，2009年，6頁。

1.昏暗；1.1 昏慣；1.2 微小；1.2.1 無

1.〔昏暗〕：殙、昒、昒、闇、婚

殙，《說文》：「瞀也。」段注：「瞀當作霿。《雨部》曰：霿，晦也。諸家霿、瞀通用，《子部》『瞉瞀』亦作『瞀』字。」昒，《說文》：「目冥遠視也。」段注：「《司馬相如傳》：『旮爽闇昧得耀乎光明。』司馬貞引『三蒼』：『旮爽，早朝也。音妹。《字林》音忽。』然則昒、旮一字也。與昧同，故日部有昧無昒。」昒，《說文》：「尚冥也。」闇，《說文》：「常以昏閉門隸也。」段注：「注云：闇人，司昏晨以啓閉者，刑人墨者使守門。」婚，《說文》：「婦家也。禮，娶婦以昏時。婦人，陰也，故曰婚。」闇、婚均與昏時相關，由昏相關聯想滋生。

1.1〔昏慣〕：頣、惛

頣，《說文》：「繫頭殟也。」段注：「《歹部》曰：『殟者，暴無知也。』今本譌作胎敗，則此以殟釋頣，遂不可通。《集韻》、《類篇》引此條有謂『頭被繫無知也』七字，當是古注語。《玉篇》引《莊子》云：『問焉則頣然』，頣不曉也。按與《心部》之『惛』音義略同。」惛，《說文》：「不憭也。」

1.2〔微小〕：緡

緡，《說文》：「釣魚繁也。」

1.2.1〔無〕：殁

微小義引申爲無義，郝士宏先生說：「『毛』因其有細小之義而又引申有『無』義，《後漢書·馮衍傳》『飢者毛食，寒者裸』即用爲『無』義。」〔註20〕

殁，《說文》：「終也。」段注：「今殁譌坲，《集韻》傳會之云：『坲，埋也。』」按：殁與坲同從勿聲，爲同源詞。坲訓爲埋，埋則不見，人去世亦不可見，因此埋沒不見謂之坲，人死謂之殁；淹沒不見謂之沒，人死謂之歿。

在以上滋生過程中，「昏暗」義引申出「昏慣、微小」等義，「微小」義引申出「無」義是意義的縱向引申，在「昏暗」義的基礎上滋生出「殙、昒、闇、昒、婚」，在「昏慣」義的基礎上滋生出「頣、惛」，在「微小」義的基礎上滋生出「緡」，在「無」義的基礎上滋生出「殁」都是橫向引申。

橫向引申其實質即某一抽象意義在不同語境中的具體表現，在具體語境中帶上了事物類別的標識，從而在文字上表現出來，即形成了語詞的橫向滋生。

〔註20〕郝士宏《古漢字同源分化研究》，安徽大學出版社，2008 年，208 頁。

這一原理清末小學大家俞樾已發其凡，《古書疑義舉例》第七十九條《文隨義變而加偏旁例》：

> 《詩·載芟篇》：「有飶有香。」《傳》曰：「飶，芬香也。」《釋文》曰：「字又作苾。」按：苾，本字；飶，俗字也。後人因其言酒醴，變而從食。《說文》遂《食部》出飶篆曰：「食之香也。」……經典之字，若斯者眾，山名從山，水名從水，鳥獸草木，無不如是，而字亦孳乳浸多矣。」又《周官·內饔》：「鳥皫色而沙鳴狸。」按：《說文》無「皫」字。《釋文》出「皫」字曰：「本又作㹂。」是陸氏所據本作「㹂」也。《說文·牛部》，「㹂，牛黃白色。」又《馬部》，「驃，黃馬發白色」，二字義同。以牛故從牛，以馬故從馬耳。

〔註21〕

這就是章太炎所說的「世稍文，則德、業之語早成，而後施名於實。」黃易青先生也對此作了闡述，他說：「在詞義變化發展的過程中，從詞義引申到新詞派生，都以詞源意義為條貫，以物類為依載。」〔註22〕

〔註21〕俞樾《古書疑義舉例》，上海世紀出版集團，2007年，117頁。

〔註22〕黃易青《上古漢語同源詞意義系統研究》，商務印書館，2007年，134頁。

第八章　聲符義引申義列對詞族系聯的啟示

第一節　詞族研究面臨的問題

　　漢語詞彙從原始積累階段到複合造詞階段，其間經歷了漫長的滋生造詞階段。原始積累發展到一定的時期便退出歷史舞臺，滋生造詞開始發揮作用，新詞的滋生以舊詞爲基礎，層層遞進，積少成多。

　　新詞從舊詞分生，攜帶某些舊詞的音義特徵，這是必然的。然而舊詞的意義特徵非一，語音結構也比較複雜，這就造成了語詞滋生方向的不確定性，也即新詞繼承舊詞意義、聲音特徵的不確定性。意義的引申雖然受著客觀規律的支配，但同時，它更多地受著使用該語言的民族的思維方式與文化習慣的影響，因而，意義的引申同樣具有不確定性。詞義引申的途徑是多種多樣的，本義與引申義之間，或引申義與引申義之間，並不存在必然的邏輯聯繫。上述兩方面的原因導致了語詞滋生脈絡的紛繁複雜，要想弄清漢語詞族的面貌，我們必須逐詞逐層地分析，密切結合當時的社會背景與民族心理。

　　目前影響較大的「音近義近」的雙重限定法遭到了越來越多的質疑。這是詞族理論研究向深層發展過程中的必然現象，因爲我們看到了語詞滋生的歷史層次性，同族詞之間的關係比「音近」「義近」要複雜得多。陸宗達、王寧先生

認為同族詞「並非只是簡單的同音加同義。因為，同音可以是偶然的，同義也可以是偶然的。簡單的用同音加同義的方法來確定同源詞，常常是很危險的。」〔註1〕又說：「聲音較遠的詞，也可能同源。」「由於詞義延伸而造成的分化從而產生的音變，往往是一個詞一個詞單獨發生的，產生這種音變時要受很多具體條件的影響。這些影響音變的具體條件今天有時考察不清，有的只留下一些痕跡。」〔註2〕張博先生在接受以上兩位先生的意見的同時，作了更明確的解釋，她說：「漢語詞族是在不同歷史時期產生的，其間的音義關係具有歷史性。因此，在辨識和闡釋詞語源流族屬關係時，無法用一種現時的或平面的標準去機械框範，必須堅持歷史性原則，否則就會導致失誤。……漢語同族詞音義關係的歷史性決定了任何現時的或平面的音義標準都沒有完全的效力。」〔註3〕孟蓬生先生說：「認為同源詞的語音必須相近的觀念是一種錯誤的觀念。這種錯誤觀念的存在，嚴重地影響著漢語同源詞研究的深入開展，有必要加以認真的清理。」〔註4〕

　　音義標準不能作為同源詞系聯的唯一標準，更不能作為建立詞族的標準，這是毫無疑問的。即使音義標準可以正確地系聯同源詞，它對詞族的建立也是難以為用的。屬於同一詞族的各詞並非均由語根直接滋生，而是隨著時間的推移，遞相滋生的，所以，它們各自居於不同的層次。只有將這種層次及語詞滋生的脈絡體現出來，才算做真正的詞族。那些不重源流親疏關係，只重音義相關的系聯結果往往只是大雜燴，這裏面極可能涵蓋了幾個詞族的語詞，即使全屬同一詞族，我們不能看清它們的發展脈絡、層次關係，我們也不能確信它們是否真正同源。

　　張博先生在否定了音義標準之後，提出了自己的驗證方法。事實上她並未完全拋棄音義標準的可用之處，只是對運用這種方法得出的結果持謹慎態度，進一步運用更可靠的方法進行驗證。她注重語詞滋生的歷史層次性，故而她注重相鄰兩層，即源詞與滋生詞之間的意義關係，她的專著《漢語同族詞的系統

〔註1〕　張博《漢語同族詞的系統性與驗證方法》，商務印書館，2003年，102頁。

〔註2〕　陸宗達、王寧《訓詁與訓詁學》，山西教育出版社，1994年，365頁。

〔註3〕　張博《漢語同族詞的系統性與驗證方法》，商務印書館，2003年，104頁。

〔註4〕　孟蓬生《上古漢語同源詞語音關係研究》，北京師範大學出版社，2001年，20頁。

性與驗證方法》的旨趣便在於說明漢語詞族的系統性，從而提出證明相鄰兩層同源詞之間的音義關係爲眞的方法。如用互證法證明「孔隙」義與「窺視」義的意義關聯爲眞實可信的，從而確定窬、闚爲同源詞，同時也確認了參證詞之間的同源性。張先生合理地利用了聲義標準，同時還提出自己的驗證方法，特別是運用了「右文」，對同族詞的理論和驗證方法都有所貢獻。但是，她沒有充分利用「右文」資源，而將她的視野局限於兩層之內，當然，這也許是其撰述目的所導致的。

　　總之，「派生詞彙是個有類聚關係、有層級、有時間順序的系統。詞族是有層級有序列的聚合，其中每個元素處於一定的地位，與其他同源詞發生著層次、疏密不同的關係。」〔註5〕建立起詞族的譜系，反映他們的流別、層次和親疏關係是詞源研究的最終歸宿。這些研究成果將爲詞源詞典的編寫提供很有價值的材料。

第二節　聲符義引申義列對同聲符語詞滋生層次的揭示

　　語詞滋生推動文字孳乳，文字孳乳反映語詞滋生成果。具有相同聲符的諸形聲字很可能有共同的聲義來源，聲符有穩定且可靠的示源性，這已爲長期的研究所證明。同時我們知道，同一聲符可能承載幾個詞源意義，這些意義可能毫無聯繫，但更多情況是大部分有聯繫，少數沒有聯繫，或以幾個意義爲核心聚成幾個義族。這密切聯繫著的同一個聲符的幾個聲符義或者反映了同一源詞的不同義衍滋生方向，或者反映了同一詞源意義的引申軌跡（前面聲符義之間的關係一節已經明確顯示了這一點）。既然如此，我們爲何不以同聲符的諸聲符義的引申義列爲參照來指導詞族的建立呢？這一規律已被研究者敏銳地指出了，楊光榮先生說：「同聲符的同源詞，尤其是同一聲符下轄有較多同源詞的情況下，同源詞可以藉助於『義』的裂變，劃分出同源詞的歷史層次，即是說，一組同源詞，可以劃分出不同的時間層次，這是同源詞內部的『斷代』問題。這是構建歷史詞源學的一項基礎工作。由此可以構建眞正的歷史詞彙學。」〔註6〕

〔註5〕王衛峰《上古漢語詞彙派生研究》，百家出版社，2001年，144頁。

〔註6〕楊光榮《詞源觀念史》，巴蜀書社，2008年，126頁。

　　前面我們已經說明，在語詞滋生過程中，意義的引申扮演著極其重要的角色。其一，詞義的引申導致語詞的分化是語詞滋生的一種重要方式；其二，詞源意義的引申直接推動了語詞滋生向深層次發展。如：

　　莫：1.〔昏暗〕：莫；1.1〔寂靜〕：嗼、嗼、嗼；1.1.1〔思慮〕：謨

　　1.〔昏暗〕：莫

　　莫，《說文》：「日且冥也。從日在茻中。」莫即暮，黃昏之時。

　　1.1〔寂靜〕：嗼、嗼、嗼

　　黃昏時鳥獸歸巢穴，勞民始休憩，故引申為「寂靜」義。嗼，《說文》：「啾嗼也。」「啾，啾嗼也。」啾與寂義同。寂，《說文》：「無人聲也。」嗼，《說文》：「死宋嗼也。」段注：「宋嗼猶啾嗼也。」嗼，《說文》：「宋也。」段注：「當云宋嗼也，轉寫佚字耳。宋嗼者，夕之靜也。啾嗼者，口之靜也。宋嗼者，死之靜也。」

　　1.1.1〔思慮〕：謨

　　寂靜的環境更利於人的思慮，故「寂靜」義引申為「思慮」義。謨，《說文》：「議謀也。」《尚書·皋陶謨》：「謨明弼諧。」《史記·夏本紀》作：「謀明輔和。」「謨」後多為「謀」所代替。「謨」因「寂靜」義而滋生可以「慎、靖」佐證。《方言》卷一：「慎，思也。」《爾雅·釋詁》：「慎，靜也。」《廣雅·釋詁二》：「慎、靖，思也。」《爾雅·釋詁》：「靖、漠、慮、謨，謀也。」《方言》卷一：「靖，思也。東齊海岱之間曰靖。」靖，《說文》：「立竫也。」段注：「謂立容安竫也。」靖有「安靜」義，引申而有「思慮」義，《詩·大雅·召旻》：「實靖夷我邦。」毛傳：「靖，謀也。」《論衡·書解篇》：「著作者思慮間也，未必材知出異人也。居不幽，思不至，使著作之人，總眾事之凡，典國境之職，汲汲忙忙，或暇著作。」著作需時間、思索，而思索需要幽靜。莫、靖均有「寂靜」義，引申有「思慮」義。「嗼、嗼、嗼」均有「寂靜」義，謨有「思慮」義，它們均由「莫」滋生而來，但並非從「莫」中分化滋生，而是由「莫」的「黃昏」義引申新義從而推動語詞的滋生。

　　同時，我們發現詞義的引申與詞源意義的引申具有同律性，即遵循相同的引申規律，從而形成相同的意義引申義列。這一現象為聲符義之間的關係及其引申的先後順序的探明提供了可靠的依據，探明聲符義的引申義列，即探明了同聲符同源詞的滋生層次。

　　如聲符「分」有「判分、比並、盛多、分散、大、微小、花紋」等義，以上諸義的引申義列當如下：

　　分：1.判分；1.1 微小；1.2 分散；1.3 比並；1.4 盛多；1.4.1 大；1.5 花紋

　　1.〔判分〕：攽、盼、粉、坋

　　攽，《說文》：「分也。《周書》曰：『乃惟孺子攽。』」盼，《說文》：「《詩》曰：『美目盼兮。』」《詩·碩人》：「美目盼兮。」毛傳：「白黑分。」粉，《說文》：「所以傅面者也。」坋，《說文》：「塵也。」粉、坋皆判分之結果。

　　1.1〔微小〕：貧

　　貧，《說文》：「財分少也。」段注：「謂財分而少也。合則見多，分則見少。」張舜徽：「物分則小，財分則少。」

　　1.2〔分散〕：芬、紛、盆

　　芬（芬），《說文》：「草初生，其香分佈也。」段注：「《眾經音義》兩引說文：『芬，芳也。』按《艸部》：『芳，草香也。』」按：分、方同源，故芬、芳音近義同。紛，《說文》：「馬尾韜也。」《釋名》：「紛，放也。防其放弛以拘之也。」紛之用在於防止馬尾放散。盆，《說文》：「盎也。」疑盆因侈口而得名。《廣雅疏證·卷七下》：「盎謂之盆。」王念孫云：「《急就篇》：『甄缶盆盎甕罃壺』，顏師古注云：『缶、盆、盎，一類耳。缶即盎也，大腹而斂口。盆則斂底而寬上。』」

　　1.3〔比並〕：扮

　　扮，《說文·手部》：「握也。」段注：「《大玄》曰：『地則虛三以扮天之十八也。』扮猶并也。」

　　1.4〔盛多〕：忿、鳻

　　忿，《說文》：「悁也。」按：言其氣盛。同源之字「艴」，《說文》：「色艴如也。《論語》曰：『色艴如也。』」《方言》卷二：「馮，怒也。」錢繹《箋疏》云：「凡恚怒者，氣必盛滿。怒氣盛滿謂之馮，亦謂之艴，猶弓之盛滿者謂之艴，德之盛滿者謂之馮，其義同也。」字下引《論語》曰：「色艴如也。」忿、艴、艴取義正同，皆為氣盛。鳻，《說文》：「鳥聚皃也。」段注：「言繽紛也。」

　　1.4.1〔大〕：袶、坋、𩬞、頒

　　袶，《說文》：「長衣皃。」段注：「《子虛賦》：『袶袶裶裶。』郭璞曰：『皆

衣長貌也。』㡛，《說文》：「楚謂大巾曰㡛。」羒，《說文》：「牡羊也。」牝牡相對，雄性含大義。頒，《說文》：「大頭也。《詩》曰：『有頒其首。』」

1.5〔花紋〕：黺、份、貔、紛

「判分」與「紋理」義相因。判分則不一，不一則雜錯成紋。馬瑞辰於《毛詩傳箋通釋》中已言之。《詩・衛風・碩人》：「美目盼兮。」傳：「盼，白黑分。」馬瑞辰云：「《說文》：『盼，白黑分也。』盼從分聲，兼從分會意，白黑分謂之盼，猶文質備謂之份也。《說文》：『頒，鬢髮半白也。』字借作頒。又：『辨，駁文也。』皆與盼為白黑分者取義正同。」花紋義與「二」密切相關，又《禮記・檀弓下》：「古之侵伐者，不斬祀，不殺厲，不獲二毛。」鄭注：「二毛，鬢髮斑白。」足見其義。《周禮・考工記・畫繢》：「青與赤謂之文。」《周禮・天官・典絲》：「共其絲纊組文之物。」鄭注：「青與赤謂之文。」《荀子・非相》：「美於黼黻文章。」楊倞注：「青與赤謂之文。」《易・繫辭上》：「遂成天下之文。」孔穎達正義：「若青赤相雜，故稱文也。」白於藍先生認為：「文與畫雖字義相近，可以相通，但『文』是專指青赤相錯之彩繪紋飾，而『畫』則是指五色相雜之彩繪紋飾，二者在字義上還是有所不同。」[註7] 按：文義為青赤相錯，正見其因二色相錯雜而得名。《釋名・釋書契》：「畫，繪也。以五色繪物象也。」《周禮・考工記・畫繢》：「畫繢之事，雜五色。」《玉篇・畫部》：「畫，形也。繪也。雜五色采也。」如前所說，會有盛多義，故繪、畫為雜眾采成紋義。白先生的判斷可從。張舜徽《演釋名》：「斐，㫄也，㫄者別也，謂文之分別者也。分別文謂之斐，猶兩壁耕謂之㸬耳。」

黺，《說文》：「袞衣山龍華蟲。黺，畫粉也。」張舜徽云：「黺與黼黻並雙聲義近，皆但狀其文采耳。」

份，《說文》：「文質備也。《論語》曰：『文質份份。』」

貔，《說文》：「地中行鼠，伯勞所化也。」段注：「《方言》謂之犂鼠。犂即犁字，自其場起若耕言之則曰犁鼠。」按：從犁得聲之字多為顏色雜集之物。《論語・雍也》：「犁牛之子騂且角，雖欲勿用，山川其舍諸？」何晏《集解》：「犁，雜文。騂，赤色。」《淮南子・說山》：「髡屯犁牛，既犐以犓，決鼻而羈。」高

〔註7〕 白於藍《釋「紋」》，復旦大學出土文獻與古文字研究中心網站，http://www.guwenzi.com。

誘注：「犂牛不純色。」〔註8〕

魵，《說文》：「魵魚也。出薉邪頭國。」段注：「《釋魚》曰：『魵，鰕。』謂魵魚一名鰕魚也。陳氏《魏志》、范氏《後漢書・東夷傳》皆曰：『濊國海出班魚皮。』今《一統志・朝鮮下》亦云爾。班魚卽魵魚也。音轉如頒。」按：班義爲分瑞玉，故而引申爲斑紋義，魵爲班魚，即斑魚也。

至此，部分從「分」得聲的諸形聲字便依據其意義分別歸入不同的層級中。我們還要注意，以上七個意義實際上只有三個層次。判分義爲第一層；小少儀、分散義、比並義、盛多義、花紋義爲第二層；「大」義由「盛多」義引申，爲第三層。

在聲符義引申義列的指導下我們得出了從「分」得聲的部分同族詞的滋生脈絡與層次，這樣清晰的滋生脈絡是以「音義皆近」「音近義同」「義近音同」爲標準的平面系聯難以展現的。以聲符爲綱不僅可以在很大程度上保證我們所系聯的同聲詞的同源關係，而且可以循著聲符義的引申義列確定同源詞的滋生脈絡和層次。

第三節　聲符義引申義列的參照作用

聲符義的運動性質即引申，所以聲符所代表的語詞的引申義列可以爲聲符義的引申義列提供參照與線索。不僅以同一語詞爲基礎的兩種性質的引申可能有點、段、綫的重合，同義詞亦可能有這種現象，即同步引申。陸宗達、王寧先生將這種現象描述爲：「多義詞的各個義項一一相應或引申系列的趨向一致，也就是說它們不僅是『點』與『段』的偶合，而且是『線』的一致。」〔註 9〕因此，不僅本聲符所表語詞的引申義列可爲聲符義的引申義列提供參照，其他意義相同相近的聲符的引申義列（詞義引申義列與聲符義引申義列）也能起到參照作用。也即黃易青先生所說「我們可以從義位的引申來觀察源義素的運動。」〔註10〕

我們知道，「蒙」有「欺瞞」義，由「蒙覆」義引申。蒙蔽即掩蓋眞相，「欺

〔註 8〕詳參王引之《五色之名》，《經義述聞》，江蘇古籍出版社，2000 年。

〔註 9〕陸宗達、王寧《訓詁方法論》，中國社會科學出版社，1983 年，166 頁。

〔註10〕黃易青《上古漢語同源詞意義系統研究》，商務印書館，2007 年，240 頁。

騙」義蘊於其中。以「蒙」的聲符義引申義列爲參照，我們可以確定聲符「曼」的聲符義引申義列：蒙覆→欺騙，從而確定「槾、鏝、幔、謾」同源。

〔蒙覆〕：槾、鏝、幔

槾，《說文》：「杇也。」鏝，《說文》：「鐵杇也。」段注：「杇所以塗也。秦謂之杇，關東謂之槾。」槾、鏝均爲塗泥的工具，塗泥於牆上即使牆蒙上泥層，有蒙覆義。《廣雅疏證・卷二下》：「幠、幩、幔、幕……，覆也。」王念孫云：「《爾雅》：『鏝謂之杇。』李巡注：『塗工之作具也。』襄三十一年《左傳》：『圬人以時塓館宮室。』杜預注云：『塓，塗也。』塗與覆義相近。故塗謂之鏝，亦謂之塓，覆謂之幩，又謂之幔。幔、幩語之轉耳。」幔，《說文》：「幕也。」

〔欺騙〕：謾

謾，《說文》：「欺也。」《墨子・非儒下》：「且夫繁飾禮樂以淫人，久喪僞哀以謾親。」《文始・七》：「冡又引申爲欺冡，還幽則孳乳爲謾，欺也。」

又如，聲符「冥」有「蒙覆、昏暗、渺小」等義。

〔蒙覆〕：幎

幎，《說文》：「幔也。《周禮》有幎人。」

〔昏暗〕：暝

暝，《廣韻・青韻》：「晦暝也。」

〔微小〕：溟、覭、嫇

溟，《說文》：「小雨溟溟也。」段注：「《太玄經》：『密雨溟沐。』《玉篇》曰：『溟濛小雨。』」覭，《說文》：「小見也。《爾雅》曰：『覭髳，弗離。』」段注：「如溟之爲小雨，皆於冥取意。《釋言》曰：『冥，幼也。』《爾雅音訓》：『蟫蛉之言茀離、蒙蘢、羃歷，小之謂也。』」[註11]嫇，《說文》：「嬰嫇也。一曰嫇嫇，小人貌。」段注：「《廣韻》『嫈』下『嫈』作『嫇』。玄應引《字林》：『嫈嫇，心態也。』卽許書『嫈』下之『小心態』也。《九思》作『瑩嫇』。」

「冥」與「蔑」有相同的引申義列，這就使「覆蓋、不明、微小」之間的引申關係更加確定。

〔註11〕黃侃《爾雅音訓》，上海古籍出版社，1983年，206頁。

第九章　同源聲符在詞族系聯中的價值

　　通過上一章的討論，我們看到聲符義在體現語詞滋生層次上的優越性，同時，我們發現單一聲符的作用並不顯著。其一，詞族的研究不能局限於同一聲符之內，而是要系聯所有同族的成員。其二，某一聲符的聲符義畢竟有限，對於整個詞族的詞源義義列來說，它的聲符引申義列只是一個片段。其三，前面的討論使我們看到了同一聲符各聲符義可能存在的聯繫，但這種聯繫往往是片段性的，多發生在具有直接引申關係的兩義之間，多數聲符都有與其他各聲符義無任何關係的聲符義，這樣，聲符的諸聲符義出現斷層，然而此類聲符義所聯繫的語詞卻可能是同族詞。其四，聲符多假借。鑒於單個聲符的上述局限性，我們認爲系聯同源聲符可以彌補其不足。

　　詞族研究領域少見溯源式的較大規模的系聯，由源及流的研究則更罕見，王力先生這樣的大家也避開了詞族研究，只做了大量平面系聯工作。詞彙隨著歷史的推進而豐富起來，平面的視角無法使詞族研究獲得滿意的結果。

　　章太炎的《文始》與藤堂明保的《漢字語源辭典》是中外學者分別對由源及流的詞族研究的嘗試，它們以獨體文爲系聯的起點，順流而下系聯同族詞，由於當時詞族理論的不完善，他們的著作並未取得令人滿意的成果。但是，結果不能令人滿意並不證明他們的出發點不對，我們在看他們說對了多少的同時，還應該更注重其開創精神。上述兩位先生的出發點是我們今天建立詞族所要借鑒的，特別是藤堂明保在《文始》的基礎上作了不少改進，最重要的一點

就是以早期的甲骨文、金文字形爲準，並且認爲「初文」同樣可以系聯，即可能同源。這一見解值得重視，而聲符同源的現象在《文始》與《初文述誼》，特別是後者中，已有所反映。

系聯聲符並不是藤堂明保的創建，章太炎在《文始》中已有所措意。「皮」下云：「半與八、分、釆、辨等字皆一音之轉。」「釆」下云：「釆與至部之八相轉。」「反」下云：「反與𠂹聲義對轉，最初亦受聲義於隊部之乁。」「赤」下云：「赤之聲義本得諸脂部之匕。」（以上見於《文始·一》）「乁」下云：「然泰部之𠂹、寒部之反實皆受聲義於乁。」「匕」下云：「非、豩、赤、茚諸文雖各獨立，皆取聲義於匕。」（以上見於《文始·二》）「林」下云：「其與末爲歌泰近轉，與糸爲歌支旁轉。」（《文始·三》）「冂」下云：「冂之音入幽爲冃、冒，在泰爲冹、市。上自大幕，下至冠冕巾帤，皆冂也。有幕然後有宮室。宀亦本於冂也。丏爲不見，又自冂而廣之。然則諸字皆受聲於冂。」（《文始·四》）「舛」下云：「轉之，茂爲每。」「方」下云：「方與赤屬之竝相應，竝亦併也。」（以上見於《文始·五》）劉賾《初文述誼》中所言及的聲符音義相關現象更是不勝枚舉。周祖謨率先對聲符同源這一現象進行了表述，他說：「形聲字的聲符，凡音義相同或相近的可以構成一個詞族。」[註1]

詞族研究不能捨本逐末，聲符的重要性應該得到重視。系聯同源的聲符對詞族的建立有如下積極意義：

1.有利於建立較大的詞族。大多數聲符都涉及一系列同源詞，它們或同層或異層，或同流或別派。多個聲符有共同的來源，那麼由這些聲符所滋生的同源詞自然也是同出一源。如此，我們便可以以聲符爲紐帶，囊括較多的同族詞。

通過對聲符的系聯，我們已經初步建立了一個語詞滋生的譜系（見附錄）。當然，這不是完備的，只能是眾多的語詞滋生與文字孳乳的基礎。該譜系中的每一個聲符都聯繫著一些同源詞，該聲符滋生譜系爲各聲符所聯繫的同源詞的系聯提供了節點，我們可以根據滋生詞的意義，將它們分別歸入相應的分支與層次中，這是一個以簡馭繁的方式。

〔註 1〕 周祖謨《中國訓詁學發展史》，《周祖謨學術論著自選集》，北京師範學院出版社，1993 年。

　　如從「付」得聲的字，它們是否同源，通過已知的聲符滋生譜系，我們可以輕鬆地作出判斷，並爲它們找到在詞族中的位置。首先，我們根據各詞的意義概括出它們的「最大公約數」，即聲符義。

　　〔微小〕：鮒、附

　　鮒，鮒魚也。段注：「鄭注《易》曰：『鮒魚微小。』虞翻曰：『鮒，小鮮也。』」《莊子・外物》「守鯢鮒」，《釋文》引李頤注：「鯢鮒，皆小魚也。」

　　附，《說文》：「附婁，小土山也。《春秋傳》曰：『附婁無松柏。』」段注：「《左傳・襄二十四年》：『子大叔曰："部婁無松柏。"』杜注：『部婁，小阜。』服虔曰：『喻小國。』」

　　〔比並〕：祔、符、泭

　　祔，《說文》：「後死者合食於先祖。」祔的滋生理據明白易曉，張舜徽《約注》云：「蓋祔之言坿也，謂坿益之也。」許愼以「合食」訓釋，其滋生理據當爲比並，張舜徽認爲當爲坿益，不如比並合理，但附益義與比並義相關。比並、附麗、坿益等義均相關。

　　符，《說文》：「信也。漢制以竹，長六寸，分而相合。」「符」實含分合兩義，兩義相反相成，故許愼云：「分而相合。」張舜徽《約注》云：「符之言副也，謂判竹爲二，各執其一，以昭信約也。」分、副同源，義皆爲分。段注：「《漢・孝文紀》：『始與郡國守相爲銅虎符、竹使符。』應劭云：『銅虎符一至五，國家當發兵，遣使至都，合符，符合乃聽受之。』」張注言其分，段注言其合。

　　泭，《說文》：「編木以渡也。」《爾雅・釋水》曰：「大夫方舟，士特舟，庶人乘泭。」編亦比並之義。

　　〔副貳〕：駙

　　駙，《說文》：「副馬也。」段注：「副者，貳也。《漢・百官公卿表》：『奉車都尉掌御乘輿車，駙馬都尉掌駙馬，皆武帝初置。晉尙公主者，並加之。』師古曰：『駙，副馬也。非正駕車皆爲副馬。』」按：物分則爲二，副貳亦含「二」義，故副貳義由剖分義引申。副，《說文》：「判也。」段注：「副之則一物成二。」引申爲副貳義，《史記・太史公自序》：「藏之名山，副在京師。」

　　〔覆冒〕：秿、府、坿

　　秿，《說文》：「檜也。秱，秿或從米付聲。」「檜，穤也。讀若裹。」「穤，

榖之皮也。」按：稃又從付聲，孚、付音近通用。孚、包音近通用，從包、孚得聲之字多有包裹在外之義。稃爲榖之皮，因覆冒於外而得名。

府，《說文》：「文書臧也。」《淮南子・時則》：「開府庫，出幣帛。」注：「府庫，幣帛之藏也。」覆冒義與藏義相因。《廣雅疏證・卷八上》：「挷，藏也。」王念孫云：「《鄭風・大叔于田》篇：『抑釋挷忌。』毛傳云：『挷所以覆矢。』……然則挷所以覆矢，非所以藏矢也。」按：毛傳訓「覆」，《廣雅》云「藏」，覆、藏義相因。又《廣雅疏證・卷四上》：「薶，藏也。」「薶」又作「埋」，有「覆蓋」義，故訓「藏」。

坿，《說文》：「益也。」段注：「《呂氏春秋》：『七月紀，坿牆垣。』高注：『坿讀如符。坿猶培也。』『十月紀，坿城郭。』高注：『坿，益也，令高固也。』」按：付本義爲「予」，故有「加益」義，「加益」義、「覆冒」義相近。皮有「覆冒」義，披，《說文》：「迻予也。」彼，《說文》：「往有所加也。」楊樹達云：「皮不直訓加，然從皮聲之字，彼訓往有所加，髲訓益髮，則皮字固有加義。故《廣雅・釋詁》訓披爲益也。」〔註2〕

〔根部〕：柎

柎，《說文》：「闌足也。」段注：「凡器之足皆曰柎。《小雅》：『鄂不韡韡。』箋云：『承華者曰鄂。不當作柎。柎，鄂足也。』古聲不柎同。」按：「柎」實由「不」滋生，不爲植物根部，柎爲器物支架根部，又爲花托，三者均有底部之義。若依「聲符假借」的觀點，則「付」借爲「不」。

〔俯伏〕：疛

疛，《說文》：「俛病也。」段注：「《方言》曰：『短，東陽之閒謂之疛。』按俛者多庫。《方言》與許義相近。」

〔擊打〕：拊

拊，《說文》：「揗也。」段注：「《堯典》曰：『擊石拊石。』拊輕擊重，故分言之。又《皋陶謨》『搏拊』，樂器名。《明堂位》作『拊搏』。」

聲符「付」在形聲字中表現爲多個意義，分別爲「比並、副貳、覆冒、附益、根部、俯伏、擊打、微小」等。付，本義爲付與，由「分」滋生，分有「分與」義。除「比並、副貳、覆冒、附益、微小」義外我們很難將其他諸義與「付

〔註2〕楊樹達《積微居小學金石論叢・釋贈》，中華書局，1983年。

與」義聯繫起來，但是有已經初步確立的聲符滋生譜系及意義引申義列作爲參考，問題就變得簡單多了。上述諸義在已知的意義引申系列中均已出現，我們只要將從「付」得聲的字歸入各層便可，當然我們須謹愼行事，要注意考證它們是否眞正同源。在系聯的時候，上述從「付」得聲的字應該分爲兩類處理。一類爲有「比並、副貳、覆冒、附益、微小」等義的形聲字，它們直接按意義引申次序系聯於聲符「付」之後，即節點 1.1.3「付」字之後，因爲這些聲符義與「付」單用時的意義存在聯繫。餘下的聲符義所聯繫的形聲字爲第二類，這類字按其意義歸入相應的聲符滋生譜系中的節點即可，因爲這些聲符義與「付」單用時的意義無聯繫。「柎」爲器物之足，疑由「不」「本」滋生，歸入 1.1.2.1層；「府」有「俯伏」義，歸入 1.1 層下，聲符「兴」之後；「拊」有「擊打」義，歸入 1.1.5 層。

　　如此，我們便完成了對從「付」得聲的形聲字的系聯，對於那些暫時不能系聯的形聲字，要等待更多的同源聲符譜系建立以後，再幫它們找到歸宿。我們不難發現，若按照傳統的「聲符假借」理論，我們需要爲「俯伏」「擊打」等聲符義找到「本字」，而事實上，許多聲符本是同源的，即它們音義關係密切，因此，我們很難說哪個聲符是我們要找的本字。對於這一現象，黃侃已經有所察覺，他說：「一通假字既指一文爲本字矣，雖更舉一文以爲本字，亦可成立，徒滋糾紛，難定疑惑。」〔註3〕因此，我們認爲，更好的方式是爲聲符假借的形聲字找到它的隊伍，在無確切證據的情況下不指定其本字。

　　同時，我們還要注意儘量將源詞與滋生詞的直接滋生關係表現出來。如「付」本義爲「付與」，授受相反相成，有所受即有所增益，因此，「附益」義由「付與」義引申，「覆冒」義與「附益」義相近〔註4〕，所以直接系聯在聲符「付」之後。如此，我們既系聯了同族詞，又照顧到了同源字的孳乳關係。

　　2.同一個聲符往往有多個聲符義，有些聲符義與聲符單用時的意義存在明晰的聯繫，有些聲符義可能有另一來源，即通常所說的聲符假借。一般情況下，若聲符義爲假借義，就會認爲含這一聲符義的語詞不屬於該詞族。我們經過研

〔註3〕　黃侃《黃侃論學雜著・與人論治小學書》，中華書局，1964 年，163 頁。

〔註4〕　參楊樹達《積微居小學金石論叢・釋贈》，中華書局，1983 年，3～4 頁。

究，發現聲符假借經常發生在同源聲符之間，如此，那些被排除在外的語詞實際上仍是本族成員。例如：

夆，《說文》：「牾也。讀若縫。」逢，《說文》：「遇也。」逢遇含二物交集義，故「逄」亦訓遇，從「夆」得聲之字多有交集義。縫，《說文》：「以鍼紩衣也。」《廣雅・釋詁二》：「縫，合也。」夆，訓為「牾」，即「逢遇」義，與「並」同源，疑即今之「碰」。而從「夆」得聲之峯、桻、鋒均有「末端、尖銳」義。朱駿聲《說文通訓定聲》：「凡聳而銳上著曰夆。《說文・新附》：『峯，山耑也。』《廣雅・釋詁》：『桻，末也。』按：謂木杪也。字亦作峯，作桻。」鋒，《說文》：「兵耑也。」段注：「兵械也。耑，物初生之題，引申為凡物之顛與末。凡金器之尖曰鋒。」蠭，《說文》：「飛蟲螫人者。」《釋名・釋兵》：「刀末曰鋒，言若蠭刺之毒利也。又劍其末曰鋒，鋒末之言也。」

「末端」義與「逢遇」義毫不相涉，若按傳統系聯方法，必定認為含這兩個源義素的兩組從「夆」得聲的詞不同族。但根據我們所系聯的同源聲符系列，「逢遇」義與「末端」義均為其中的環節，依此可以判斷，「夆、逢」與「峯、桻、鋒」同族。需要指出的是，「夆、逢」與「峯、桻、鋒」同族並非指「峯、桻、鋒」等由「夆」滋生，而是指它們有共同的來源，處於同一個龐大的詞族之中。

3.確定單個語詞的歸屬。

《文始・一》：「辡又孳乳為徧，帀也。」章太炎認為「徧」由「辡」孳乳，顯然不確。劉智峰認為：「雖然徧與采的語音關係緊密，但它與采義關係疏遠。」[註5] 章太炎認為「辡」孳乳為「徧」固然不可信，但劉智峰因此而否定「徧」與「采」的同源關係也不正確。

按：徧、布同源，均有敷布義。《說文》：「徧，帀也。」《廣雅・釋詁二》：「周、帀、辨、接、選、延，徧也。」「帀」義為周徧。王念孫《廣雅疏證》：「辨、辡、徧並通。」選，《廣雅疏證》云：「選之言宣也。《爾雅》：『宣，徧也。』」宣散則遍佈，《廣韻・仙韻》：「宣，布也。」「徧、布」皆與「分、采」同源。「判分」義與「散佈」義相因，故分佈連言，分又可訓散。《列子・黃帝》：「用志不

〔註 5〕 劉智峰《〈文始・一〉同族詞詞源義系統研究》，湖南師範大學碩士學位論文，2010年，70頁。

分，乃凝於神。」張湛注：「分，猶散。」分則散，散即布，《廣雅・釋詁三》：「布，散也」。所以，「徧」與「采、辯」實爲同源詞。

4.指導具有相同意義基礎的詞族的建立。同步引申是詞義發展中的重要現象，「同義詞最容易形成同步引申」。〔註6〕詞源意義的引申推動了語詞的縱深發展，相同的詞源意義亦可以有相同的引申方向，形成相同的引申系列。

我們系聯了一組有同源關係的來母字：力、利、歺、㪅、麗、㒳、里、呂。這一組字分爲三層：

（1）〔判分〕義：力、利、歺、㪅、柬

力，《古文字譜系疏證》認爲其字形象耒，爲耜類生產工具之形。裘錫圭先生亦認爲像農具之形。劉洪濤《說「爭」、「靜」是「耕」的本字——兼說甲骨文「爭」反映的是犁耕》一文認爲「爭」字字形即象二人執農器耕作之形，爲「耕」的初文。該文是在賈文先生《說甲骨文「爭」——古代的「耦耕」》一文基礎上的進一步闡發，賈文提出了甲骨文中的「爭」字「從受從力，義爲『耦耕』，是『耕』的本字」。〔註7〕結合諸家意見，「力」爲耕具，當已無可疑。

利，胡澱咸先生認爲即犁之初文。〔註8〕不管「利」的本義爲穫禾還是耕地，均有「割裂」義。秛，古文利。從秛之㹩，義爲耕地，亦分裂之義。《說文》：「㹩，耕也。」張舜徽《演釋名》：「㹩，劈也。剝裂分解其土壤也。」《廣雅疏證・卷九下》：「耤，耕也。」王念孫《疏證》：「耤之言剖也。」可見耕有「分裂」義。

歺，《說文》：「列骨之殘也。讀若櫱岸之櫱」。於省吾認爲「歺」即「列」之初文。〔註9〕《說文》：「列，分解也。」

㪅，《說文》：「坼也。」胡澱咸先生認爲：「『㪅』、『㪅』也就是『釐』、『賚』、『理』等字的初文。本義可能是種麥或耕種。」〔註10〕我們認爲，耕種義更爲可取。㪅之坼裂義疑取自耕地裂土。王筠《句讀》：「果之坼紋曰㪅也。」

張崇禮：「從讀音和詞義來看，『㪅』和上引諸從力得聲之字，是同源關係。

〔註6〕許嘉璐《論同步引申》，《中國語文》，1987年第1期。

〔註7〕賈文《說甲骨文「爭」——古代的「耦耕」》，《中國歷史文物》，2005年第3期。

〔註8〕胡澱咸《甲骨文金文釋林》，安徽人民出版社，2006年，166頁。

〔註9〕于省吾《甲骨文字釋林》，中華書局，2010年，170頁。

〔註10〕胡澱咸《甲骨文金文釋林》，安徽人民出版社，2006年，186頁。

『柴』的『裂』義和『沕』的『裂』義一樣，應是從『理』義引申而來，這個詞族的源頭是『理』、『紋理』。」〔註11〕張先生看到了紋理與坼裂的關係，但他似乎顛倒了二者的引申順序，從「卜、分、班、勿」等滋生而來的有「紋理」義的同源詞來看，「紋理」義是由「坼裂」義引申而來的。

廬，《說文》：「寄也，秋冬去，春夏居。」《漢書·食貨志上》：「在壄曰廬，在邑曰里。」廬在甲骨文中有釋作「割裂」「臚列」二義的辭例，用作「割裂」義當借作「判」。臚，《說文》：「皮也。膚，籀文臚。」廬、膚音同。《禮記·內則》之「麋膚」，鄭注：「膚或作胖。」〔註12〕

（2）〔成雙〕義：麗、网

麗，《說文》：「旅行也。丽，篆文麗字。」段注云：「《周禮》：『麗馬一圉，八麗一師。』注曰：『麗，耦也。』《禮》之儷皮，《左傳》之伉儷，《說文》之驪駕皆其義也。兩相附則爲麗。」

网，《說文》：「再也。《易》曰：『參天网地。』」又「兩，二十四銖爲一兩。從一，网，平分，亦聲。」网，平分。「分」與「二」義相因。

（3）〔連侶〕義：里、呂、連、緣

呂，《說文》：「脊骨也。」呂，又作膂。《尚書·君牙》：「今冥爾予翼作肱股心膂。」《國語·周語》：「祚四嶽國，命以侯伯，賜姓曰姜，氏曰有呂，謂其能爲禹肱股心膂，以養物豐民人也。」《廣雅疏證·卷七上》「栖也」條云：「凡言呂者，皆相連之意，眾謂之旅，紩衣謂之絽，脊骨謂之呂，桷端樓聯謂之栖，其義一也。」

里，《說文》：「居也。」里、閭、廬同源。〔註13〕張舜徽《演釋名》：「里，秌也，謂民居聯比。」里、呂同源，均有聯比義，故里、閭同源。閭，《說文》：「里門也。」《廣雅·釋宮》：「閭，里也。」

緣，《說文》：「亂也。一曰治也。一曰不絕也。」段注：「治絲易棼，絲亦不絕，故從絲會意。」

〔註11〕 張崇禮《釋𠬝》，復旦大學出土文獻與古文字研究中心網站，
　　　　 http://www.guwenzi.com/Default.asp。

〔註12〕 詳見于省吾《甲骨文字釋林》，中華書局，2010 年，32～33 頁。

〔註13〕 王力《同源字典》，山東教育出版社，1992 年，116 頁。

連，《方言》卷三：「陳楚之間凡人獸乳而雙產謂之釐孳，秦晉之間謂之僆子，自關而東趙魏之間謂之孿生。」錢繹《箋疏》：「釐、僆、孿，並聲之轉也。《廣雅・釋詁三》：『釐，孿。』《玉篇》：『挐，挐孖，雙生也。』《卷二十》：『娌，耦也。』娌、麗、儷、離、儺，並與『釐』聲近義同。」「《廣雅・釋詁三》：『僆，孿也。』《說文》：『孿，一乳兩子也。』徐鍇傳曰：『孿，猶僆也。』《眾經音義》卷十七引《倉頡篇》：『僆，一生兩子也。』」

（4）〔紋理〕義：侖

侖，《說文》：「思也。」段注：「『龠』下曰：『侖，理也。』《大雅》毛傳曰：『論，思也。』按論者，侖之假借。思與理義同也，思猶鰓也，凡人之思必依其理。倫、論字皆以侖會意。從亼冊。聚集簡冊必依其次第，求其文理。」

根據「八族」的語詞滋生脈絡，我們可以知道，上列諸義判分、成雙、連侶、紋理義關係密切，它們的關係為：

1.判分；1.1 紋理；1.2 成雙；1.2.1 連侶

如此，我們便可將上列諸字按意義歸入各層，然後依據聲符考查形聲字，並歸入詞族中。

在此，我們不僅利用了「八族」的意義引申義列，同時還可以以此處的意義引申義列反証「八族」意義引申義列的正確性。

5.有助於解決同一聲符的兩聲符義之間的引申關係或解釋某聲符義的由來。如從「利、麗、離、盧」等得聲的字有「黑色」義，「黑色」義從何而來？我們認為，它們的「黑色」義由「黑色花紋」義而來。即「黑色」義由「花紋」義引申。黃永武先生已對從「貍」得聲而有「黑色」義的情況作出了解釋，他說：「今貍字乃兼有黑色、文理兩義，至於從貍得聲之薶霾，遂但取黑義，不取文理義，考其故，在於字義所起，多有先後，譬況指謞，薶霾從貍聲而但取黑義，正不必謂自盧聲麗聲等所假借也。」〔註 14〕我們認為，黃氏的解釋是可信的。我們可以補述一例。「里、利」同源，「利」有「割裂」「判分」義，而從「利」得聲的字也有「黑色」義，我們認為這些有「黑色」義的語詞由「利」滋生，而非由「里」滋生，即它們的聲符非假借而來。

《論語・雍也》：「犂牛之子騂且角，雖欲勿用，山川其舍諸？」何晏《集

〔註14〕黃永武《形聲多兼會意考》，文史哲出版社，1985 年，134 頁。

解》：「犛，雜文。騅，赤色。」《淮南子‧說山》：「髡屯犛牛，既翦以犅，決鼻而羈。」高誘注：「犛牛不純色。」犛牛即雜色之牛，王引之《經義述聞》已證明。犁，《說文》：「耕也。」《集韻‧齊韻》：「犁，或作犛。」犛從利得聲，有「耕」「雜文」二義，兩義相關。犁有「判分」義，張舜徽《演釋名》：「犁，劈也。剝裂分解其土壤也。」「判分」與「紋理」義相關，故犛又有「花紋」義。

據考查，「犛」當是黑黃相間的花紋。《眾經音義》卷六引《字林》：「黧，黑黃也。」《說文》：「雞，雞黃也。一曰楚雀也。其色黎黑而黃。」在語詞滋生過程中，人們捨棄了黃色的特徵，只留下了黑色的意義。《說文》：「驪，馬深黑色。」《詩‧魯訟‧駉》毛傳曰：「純黑曰驪。」

通過以上分析，我們弄清了紋理義與黑色義相關的原因。而之所以能得出這樣的結論，主要得益於已有的詞源意義引申系列所提供的參考。

第十章　詞族構建的新思路

　　楊樹達先生曾明言他欣羨外文詞典字字標明源詞。[註1] 編著一部漢語詞源詞典也是眾多詞源研究者的共同願望。然而，從詞源學的創始之作——《釋名》的問世到現在，真正算得上以系聯同族詞為撰寫目的的著作寥寥無幾。大多數研究成果都以三三兩兩的同源詞組的形式出現在我們眼前，大多數的有關同源詞的理論也是在這為數不多的同源詞組的基礎上獲取的，這樣形成的理論即使正確，也很難達到全面。如王力先生對同源詞的定義是：「凡音義皆近，音近義同，或義近音同的字，叫做同源字。」這一定義雖然影響甚廣，但並不確切，這一定義用以說明處於同一滋生層級的同源詞的音義關係是很恰當的，但推及同一詞族中的任意兩詞之間的關係就不合適了。有些同源詞它們的意義既不相同也不相近。如「驄、瑽、窗、熜」同屬一族，「驄、瑽」因青色而得名，「窗、熜」卻因中空而得名，「驄、瑽」與「窗、熜」並無意義上的聯繫，然而它們卻同出一源。

　　同族詞的系聯與有關同族詞的理論之間相互依存而又存在矛盾。語詞滋生的規律要從已經確定的同源詞中發掘，被我們所證實的理論又可以指導同源詞的系聯，這是二者相依存的一面。如果同源詞數量太少，我們便難以窺見語詞滋生的全貌；如果系聯的同源詞過多，詞族過大，我們又很難保證它們的同源

〔註 1〕 楊樹達《積微居小學述林‧自序》，中華書局，1983 年。

性，因為沒有相應的理論的指導，這便是矛盾所在。也許正因為如此，當下的同源詞系聯以小規模居多，把詞族分得過於瑣碎固然有利於保證其可靠性，但卻又割裂了本屬一族的同族詞。

第一節　《文始》之得與《同源字典》之失

《文始》之失研究者們說得很多，所以我們這裡著重論其得；《同源字典》則剛好同《文始》相反，受到很多褒獎，所以這裡多論其失。

一、《文始》之得

從章太炎的《文始》問世至今，關於漢語詞族的專著除《文始》外，有瑞典漢學家高本漢所著《漢語詞類》，日本漢學家藤堂明保所著《漢字語源字典》和王力先生所著《同源字典》，另外還有劉賾先生所著《初文述誼》。根據各著作所採用的系聯方法，我們可以將上述五部著作分為三類：一、以「初文」為系聯的基點展開同源詞的系聯，此類研究更近於詞族研究。《文始》《漢字語源字典》《初文述誼》屬此類。二、以起首輔音與收尾輔音組成的語音框架為依據，將符合語音條件的語詞並為一族。《漢語詞類》屬此類。三、以音近或音同、義近或義同的結合為標準，系聯同源詞。《同源字典》屬此類。從理論的嚴密性和成果的可靠性來看，第三類即王力先生的《同源字典》取得的成就最為輝煌，因而被譽為具有里程碑意義的詞源學著作。

章太炎的《文始》與王力先生的《同源字典》被看做「兩個時代漢語詞源研究的高峰」。〔註 2〕比較二者之得失，或許可以為字族的建立找到理論、方法上的突破口。

《文始》是第一部系統研究同族詞的著作。他以《說文》中的獨體字為「初文」，以《說文》中雖為獨體，而由其他形體發展而來的為「準初文」，共 510字，認為其他語詞都從這些初文和準初文演變而來。以語音的旁轉、對轉，意義的相同、相近、相關說明源詞與滋生詞之間的音轉義衍關係，並區分了語詞滋生的兩種方式：變易與孳乳。「音義相讎，謂之變易；義自音衍謂之孳乳。」「『變易』指詞的聲音和形體發生變化而意義未變；『孳乳』指詞義引申導致詞

〔註 2〕 王寧、黃易青《詞源意義與詞彙意義論析》，《北京師範大學學報》（人文社會科學版），2002 年第 4 期。

的分化而語音相因或稍有變化。」〔註3〕

章氏以「初文」爲系聯的起點，受到了很多學者的詬病。

劉又辛說：

> 章太炎的《文始》，研究詞族不是以詞爲基礎，卻以文字爲基礎，主觀地規定了五百多個初文，把這些初文當做詞根或詞的原型，並據以滋生出同族的若干字、詞。他也在這個形、音、義關係的根本問題上弄錯了層次，把詞和文字的先和後、源和流弄顛倒了。〔註4〕

> 首先，他以《說文》的獨體字爲初文、準初文。以爲這五百多字是最原始的文字，其餘的字都是演變的結果。這種看法，一是不符合漢字發展的客觀事實，抹煞了《說文》以前兩千年古文字的發展史。二是把漢語詞族的研究完全視爲文字滋生的問題，錯誤地把五百多個「初文」當成漢語詞彙的「詞根」來對待。第三，他對文字的解釋完全依據《說文》，並據以推斷其孳生演變的同族詞，《說文》講錯了的，他據以推斷的字詞當然就不可靠。第四，章氏的音轉，多數屬於主觀想像，一是缺乏證據，二是沒有明確的音變規律。〔註5〕

劉先生對《文始》的評價全面而中肯，唯有第二點〔註6〕，我們略有不同意見。第二點涉及《文始》的立足點，歷來詬病最多。〔註7〕我們部分贊同上述批評觀

〔註3〕張博《漢語同族詞的系統性與驗證方法》，商務印書館，2003年，37～38頁。

〔註4〕劉又辛《漢語詞族研究的沿革、方法和意義》，《文字訓詁論集》，中華書局，1993年。

〔註5〕劉又辛《漢語詞族研究的沿革、方法和意義》，《文字訓詁論集》，中華書局，1993年。

〔註6〕這一批評恐怕導源於王力先生，他在《同源字論》中說：「他在敘例裏說，研究文字應該依附聲音，不要『拘牽形體』，這個原則無疑是正確的。但是他自己違反了這個原則。他以《說文》的獨體作爲語源的根據，這不是『拘牽形體』是什麼？」《同源字典·同源字論》，《王力文集》卷八，山東教育出版社，1992年，51頁。

〔註7〕如蔣紹愚先生說：「他研究的是同源詞，卻以『初文』、『準初文』爲詞義孳乳、變易的起點，這就把『字』、『詞』混爲一談，這是一個根本的錯誤。」劉先生的批

點。但我們認爲他將「初文」作爲我們系聯同族詞的基點，這是一個卓越的創舉。如果我們拋卻「語根」的影響，而把「初文」當做語詞滋生鏈條中的一個節點，那麼章太炎的做法或許會贏得更多的讚賞。第二，劉、蔣二位先生認爲章太炎「把漢語詞族的研究完全視爲文字滋生的問題」，我們認爲這樣的認識有失偏頗。《文始》雖以「初文」爲系聯的起點，但章太炎的研究並非是文字孳生問題。我們不能因爲「初文」與漢字同源分化研究中的「字原」〔註8〕基本重合，就認爲《文始》偏離了它研究同源詞的初衷。語詞滋生的成果我們現在只能從文獻中獲得，我們研究同源詞不能不依賴於文字。而且，如前所述，文字的孳乳一定程度上反映了語詞滋生的次序與層次。《文始》第一條涉及「過」「跨」「胯」「奎」「越」等字，不難看出章太炎的研究是以語詞爲對象的。若以文字孳乳爲旨趣，「胯」「跨」當由「誇」孳乳，「奎」由「圭」孳乳。王力先生後來也一改對《文始》的看法，他說：「張氏實際上是應用了王念孫的『以音求義，不限形體』的原則來做的一種新的嘗試。」〔註9〕總之，章太炎並沒有將文字的孳乳與語詞的滋生等同起來。

我們認爲，《文始》的研究方法有其可取之處，而且應當積極地運用到詞族的研究當中。其可取之處主要有以下幾點：

1.以「初文」作爲系聯的起點。章太炎以「初文」作爲語根，屢遭詬病。我們認爲，若「初文」「準初文」記錄了語言中的一個語詞，將它們作爲系聯的起點未嘗不可。應該強調的是，我們對「初文」的定性與章太炎是有很大不同的，我們並不認爲「初文」即是語根，或許它們就是，但我們不作這樣的論斷。因此，我們只是將「初文」作爲系聯的起點，即認爲「初文」可能並非語根，但它是語詞滋生進程中的一個環節。

評涉及兩個問題：第一，「初文」與「語根」的問題。有關「初文」的問題我們認爲應該一分爲二地看待。一方面，《文始》以「初文」「準初文」爲語根，這肯定存在問題，正如蔣紹愚先生所說：「眞正是語源詞的不一定是『初文』，『初文』也不一定是語源詞。」《古漢語詞彙綱要》，商務印書館，2007年，174頁。

〔註8〕「字原是指漢字符號系統中出現最早、能孳乳分化相關字或可成爲合體字構成部件的最基本的形體符號。」郝士宏《古漢字同源分化研究》，安徽大學出版社，2008年，25頁。

〔註9〕王力《中國語言學史》，《王力文集》卷十二，山東教育出版社，1990年，208頁。

2.注意語詞滋生的兩大途徑：孳乳與變易。這種從發生的角度作出的區分爲我們今天的詞源研究奠定了良好的理論基礎。變易即音轉滋生，是由歷時音變與方音音變引發的滋生；孳乳即義衍滋生，是由詞義引申引發的分化滋生和由事物或現象相似、相關引發的類比、聯想滋生。

3.《文始》注重意義引申、語詞滋生的歷史沿流性，章太炎的系聯體現了歷史的觀點，語詞的系聯呈現出層次性、源流性，如《文始·七》「勺」條下共分析爲十三族，既體現了語詞滋生的層次又體現了其派別。第一部系統的詞源學著作便體現出這樣的遠見卓識，這是值得我們借鑒並在以後的詞族研究中要時時參考的。

二、《同源字典》之失

《文始》在王力看來是不成功的，他說：「《文始》所論，自然也有可採之處（如以『隧、術』爲同源），但是，其中錯誤的東西比正確的東西多得多。」〔註10〕而《同源字典》卻走向了一個極端，「爲了避免重蹈章、高的覆轍」，將同源字的範圍弄得過小，顯得瑣碎。而且平面的研究必然無法體現語詞滋生的層次性。我們似乎無緣以缺乏層次性責備王力先生的研究，因爲他的《同源字典》與《文始》的性質並不相同。《文始》所作的研究我們可以稱之爲「詞族」研究，《同源字典》則是「同源詞」研究。王力先生說：「從前我曾經企圖研究漢語的詞族，後來放棄了這個計劃。」〔註11〕顯然，《同源字典》不負責完成語詞滋生層次、族屬等任務。但同源詞的研究，其最終的結果應該是建立起漢語的詞族。所以，王力先生的研究方法只能作爲補充性、輔助性的方法，其研究成果也只是參考資料。

我們認爲王力先生的研究成果顯得零碎最主要是因爲他不重源流關係，他有意避開了這一問題。任何語言的詞彙都是由少到多而積累起來的，新詞是在已有語詞的基礎上產生的。由詞根滋生新詞，滋生詞再滋生新詞，如此推衍，語詞滋生的脈絡應該是清晰的，但每條滋生脈絡上的各語詞之間的意義關係是否可以用王力先生的同訓、互訓等訓詁材料來考證？當然是不能的。如果像王

〔註10〕 王力《同源字典·同源字論》，《王力文集》卷八，山東教育出版社，1992 年，53頁。

〔註11〕 王力《同源字典·序》，《王力文集》卷八，山東教育出版社，1992 年，4 頁。

力先生那樣，認爲同源詞要用同訓、互訓、通訓來檢驗，那就等於認爲同源詞之間意義相差無幾，這顯然違反了語言的經濟原則。雖然王力先生指出：「互訓、同訓的字並不都是同義詞。有些字只是詞義相關，並非完全同義。」〔註12〕但是，不管是相關還是同義，這樣的意義標準都不能適用於跨層的同源詞系聯，只能用於同層次且同派的同源詞的考察當中。所以，王力先生的檢驗標準對於整個詞族的建立來說，沒有統攝性。

王力先生所使用的聲音標準，也值得懷疑。王寧先生對此作了比較詳細的批評。她說：

> 第一，「音近」是一個模糊概念，什麼叫「近」，近到什麼程度可以列入同源探討的範圍，都難以定出一個標準。傳統詞源學的大家們定了一些條例，諸如「旁轉」、「對轉」、「同紐」、「同類」……不一而足，可一旦操作起來，還是仁者見仁、智者見智，都不可避免「無所不轉」。第二，古代漢語的語音系統——特別是古音構擬，都帶有一定的「假說」性質，有些結論屬於難以證實又難以證僞的疑案，這就必然影響「音近」的判定。第三，同源孳生呈網絡狀，既多層，又多向，演變層次越多，軌跡越長，距離越遠。如分化孳乳，聲音肯定是近的，但把漫長歲月的多層次演變的頭尾銜接起來，還能保證音近嗎？第四，個別詞音變化的原因含偶然因素，任何條例都難以窮盡概括。也就是說，都有例外。〔註13〕

王寧先生的評價全面而客觀，而且第三點問題同樣存在於意義標準之中。隨著語詞的遞相滋生，跨層的同族詞的意義可能毫不相關了，王力先生的意義標準無法承擔判定同族詞的任務。

某一語言語詞的滋生與使用該語言的民族的社會、文化特別是心理密切相關。語詞滋生雖然有一定的客觀性，即受源詞所表示的事物的客觀特徵的影響，但更多的是受民族心理的約束。王寧、黃易青兩位先生在研究語源義時引入「意象」這一概念，「意象，指命名時意識上對事物特徵的理解和取義。對同一事物

〔註12〕 王力《同源字典·同源字論》，《王力文集》卷八，山東教育出版社，1992 年，15頁。

〔註13〕 王寧《關於漢語詞源研究的幾個問題》，《陝西師範大學學報》(哲學社會科學版)，2001 年第 3 期。

特徵可以有不同的理解，遂有不同的取義。」〔註14〕詞源意義一般表現為滋生詞的一個義素，由同一源詞滋生而來的諸滋生詞具有相同的義素而非相同的義項。王力先生說：「判斷同源字，主要是根據古代的訓詁。有互訓，有同訓，有通訓，有聲訓。」〔註15〕這些意義標準在有些情況下是詞彙意義層面的〔註16〕，以義位為單位的，這樣的意義標準當然無法準確反映在義素層面發生聯繫的源詞與滋生詞、滋生詞與滋生詞之間的關係。〔註17〕又何況同源詞的詞彙意義不一定有很密切的關係呢。從平面的角度，以具體的聲音意義標準來判定同源詞，只能使同源詞的範圍變得局限又顯得瑣碎。「共、拱、恭」顯然是同源詞，而《同源字典》卻不錄「恭」字。但「拱、恭」的同源關係是顯而易見的，「恭」由「拱」滋生而來表現出漢民族的禮俗習慣和文化心理。拱，《說文》：「斂手也。」《左傳・襄公二十八年》：「與我其拱璧。」注：「拱，謂和兩手也。」恭，《說文》：「肅也。」《釋名・釋言語》：「恭，拱也，自拱持也。」郝士宏說：「『恭』由斂手之『拱』引申而來。古之禮儀，凡行常禮多要拱手，所以拱手就含有恭敬謙讓之義。」〔註18〕其中道理，相當明瞭。這個例子說明，系聯同源詞既要從細處著手，也要從大處著眼，以發展的眼光認真考量每一個語詞。

〔註14〕 王寧、黃易青《詞源意義與詞彙意義論析》，《北京師範大學學報》（人文社會科學版），2002 年第 4 期。

〔註15〕 王力《同源字典・同源字論》，《王力文集》卷八，山東教育出版社，1992 年，12頁。

〔註16〕 互訓、同訓、通訓並非都是詞彙意義層面的同義，多數情況下是有相同的義素。如《爾雅・釋詁》第一條：初、哉、首、基、肇、祖、元、胎、俶、落、權輿，始也。王力先生說：「大致說來，《釋詁》是羅列古人所用的同義詞，而以當代的詞來解釋它們。」王先生所說的同義詞當然是很寬泛的概念，它們只是「訓詁同義」，即用同一個詞來訓釋，而非現在所說的同義。就「始也」條來說，被釋詞中不少是名物詞，如：首、基、祖、元、胎等，而訓釋詞卻是時間名詞「始」，被釋詞所指各不相同，被釋詞與訓釋詞意義也不相同。但是，「始」是上述諸詞所共有的義素，「首」「元」是人體之始；「基」是建築之始；「祖」是宗族之始；「胎」是人生之始。由此可知，王力先生所說的「同義」只是部分義素的相同，而非義位的相同。

〔註17〕 當然，有一部分源詞與滋生詞是在詞彙意義上發生關係的，如耳：珥等通過相關聯想方式而滋生的滋生詞與源詞便在詞彙意義上發生關係。

〔註18〕 郝士宏《古漢字同源分化研究》，安徽大學出版社，2008 年，149 頁。

　　章太炎與王力先生有一個共同的缺點，沒有利用聲符的示源性，這實在是極大的遺憾。經過前賢時彥及我們前面的研究，聲符的示源性當是不可辯駁的了。劉又辛說：「《文始》中可信的部分還只是那些應用右文材料的部分，這部書裡也包括了右文的材料，但只占總數的十分之一、二。」侯占虎先生說：「《同源字論》中雖曾談及『亦聲』字和分別字，但隻字未談『右文』說，也沒有談如何借用漢字系聯同源詞的問題，這不能不說是個缺陷。正因為如此，在《同源字典》中常出現讓人感到不足的地方。」〔註19〕章太炎撤棄聲符，曾發「六書殘而為五」之嘆，而撤棄聲符示源既不利於大範圍詞族的建立，又因「不限形體」而使人有「無所不轉」的擔憂，而王力先生所系聯的同族詞又多為同聲符的詞。如《同源字典》中所列從「巠」得聲的字9個，而該組共12字。可見聲符示源在詞族的研究中是有積極意義的。既然「以聲為經，以義為緯」框定選詞範圍，然後判定同源，得出的結論也涉及多個同聲符的形聲字，那麼我們為何不直接據聲系聯呢？

第二節　詞族構建方法的新構想

　　我們認為，詞族的研究必須有歷史意識，即時刻注意語詞滋生的層次性。任何滋生詞都是在源詞的基礎上滋生而來的，源詞的滋生方向與滋生趨向往往難以把握，因為語詞滋生受到民族心理、社會生活的影響，表現出規律性的同時，又表現出其偶然性。如表示事物的名詞往往以事物的特徵為基點滋生新詞，陸宗達先生所說「決定詞義引申方向的往往不是這個原始詞的概括意義，反而是與某個概括意義相聯繫的那個具體形象，這個具體形象決定了詞的多個義項的關聯」〔註20〕，便是這個道理。同一事物的多個特徵均可以作為滋生的基點，這就造成了同流別派。若沒有歷史的觀點，那些本是同族的同族詞恐怕要遭受分家的命運。

　　經過前面的討論，我們得到如下啟示：一、聲符具有可靠的示源性；二、融入了「聲近義通」理論的「右文說」是最適合構建詞族的方法，它既充分利用了聲符的示源性，又突破了字形的宥限；三、同一聲符的多個聲符義往往存

〔註19〕侯占虎《對〈同源字典〉的一點看法》，《古籍整理研究學刊》，1996年第1期。
〔註20〕陸宗達、王寧《訓詁方法論》，中國社會科學出版社，1983年，137頁。

在聯繫，它們之間的各種聯繫是聲符義引申的結果；四、聲符所表語詞的詞義引申義列與聲符義引申義列有點、段、綫的重合；五、聲符單用時所記錄的語詞的詞義引申與其作聲符時所具有的聲符義的引申共同推動了語詞的滋生；六、多個聲符可同源。以上啓示均與聲符示源相關，借著聲符示源的可靠性，聲符義引申體現語詞滋生的歷時層次，我們可以建立構建詞族的方法。

　　聲符在詞族研究中的價值是有目共睹的。沈兼士說：「如欲探求中國之語根，不得不別尋一途徑。其途徑爲何？余謂即『右文』是也。」徐通鏘先生說：「應該承認，這（按：指聲符）是我們現在所能見到的，能提示語源的最早的、最有價值的線索，是漢語史研究中一項寶貴材料，應該充分加以利用。」〔註21〕又說：「從『族』的建立來說，顯然聲訓論（按：指楊樹達先生的詞族研究，實際上仍以聲符爲依據。）與『右文』說比較可靠，因爲它們以有形的『聲』爲線索，抓住義類進行研究，切合漢語的結構特點。」〔註22〕《古文字譜系疏證》〔註23〕的問世爲我們提供了很好的材料。該書以聲符爲基點，系聯同源字，從而形成諧聲譜系。該書體現了文字孳乳的層次性、系統性。較之沈兼士的《廣韻聲系》又進一步，因爲該書爲我們提供了更多的古文字證據，並對每一個聲符的聲符義進行辨析，爲我們的詞族研究提供了更可靠的基礎。較之《文始》的初文，該書所列的聲符都是有孳乳能力的獨立成字的漢字，它們自然具有記錄語詞的功能，有利於我們利用聲符的示源性研究詞族。

　　具體操作步驟如下：

　　第一步，系聯聲符。聲符所記錄的語詞並非都是各不相干的原始詞（即詞根），它們也有記錄滋生詞的可能。因此，我們首先要考察聲符。如經過考察，我們發現「卜、八、分、半、皮、片、爿」等是音義關係密切的一組，它們都有「判分」義。「非、北」等是音義關係密切的一組，它們都有「違離」義。「匕（比）、並、方」等是音義關係密切的一組，它們都有「比並」義。而這三組又有密切的關係，它們語音相近，意義上有引申關係，物一分爲二，「比並」義蘊含「成雙」義，且與「判分」義相對。物分則開，離、開義近，故「違離」與

〔註21〕劉堅《二十世紀的中國語言學》，北京大學出版社，1998年，254頁。

〔註22〕劉堅《二十世紀的中國語言學》，北京大學出版社，1998年，260頁。

〔註23〕黃德寬等《古文字譜系疏證》，商務印書館，2007年。

「判分」義密切相關。系聯聲符有三點好處：

一、突破聲符字形對傳統「右文」研究的宥限；

二、大致確定詞族系聯的範圍；

三、同源的聲符聲音相近，在文字的孳乳過程中，聲符容易出現同源借用。當我們不能從聲符得到滋生詞的語源時，我們首先可以考察同源聲符；

四、聲符的系聯已經爲我們提供了一些可供參考的意義引申義列，可以避免語詞系聯時的牽強解釋。

下面我們重新分析郝士宏先生所系聯的兩個同族詞，來說明上述優點。郝先生在《漢字同源分化研究》中將「屏」的源詞定爲「竝」[註24]，我們不能同意此觀點。

我們所系聯的「八族」同源聲符系列中，有「覆冒、障蔽」這一節點，冒覆義、障蔽義相通，《廣雅·釋詁二》：「晻、翳、蔽，障也。」晻之言掩，掩有「覆蓋」義。翳、掩義同，《方言》卷六：「掩、翳，薆也。」《廣雅·釋詁二》：「帡，覆也。」王念孫《疏證》：「帡之言遮罩也。」可見覆、蔽義通。

非獨從「竝」得聲之「普、屏、屛、帡、帲」諸字有「覆蔽」義，從「皮、孚、包、伏、不、非」等聲符得聲的部分形聲字也有「覆蔽」義，見下表：

聲　　符	形　　　聲　　　字
並（竝）	普、屏、屛、帡、帲
皮	被、鞁、帔、髲、鮍、彼
孚	罦、脬、郛、稃
包	麪、匏、窇、炮
不	罘
非	扉、腓、篚
比	庇
卑	埤、鼙、俾、裨、萆、鞞、脾、椑
辟	繴、臂、廦、壁
敝	蔽、幣

[註24] 郝士宏《古漢字同源分化研究》，安徽大學出版社，2008年，123頁。

朋	棚、輣、掤、堋
犮	馭、髮、废、帗、叐
方（旁）	搒妨防
畀	算
畢	篳、韠、痹
冡（蒙）	幪、酕、矇
冒	楣
冥	幎
曼	幔、鏝、鰻、謾、慢
莫	幕、慕、摹、膜
蔑	㠊、巇、薯

「並、皮、孚、包、伏、不、非、比、卑、辟、敝、朋、犮、方、畀、畢、冡、蒙、冒、冥、曼、莫、蔑」為同源聲符，均為唇音字。據以上諸字的音義關係，結合我們已有的同源聲符系聯的成果，它們當處於這一節點上，該節點上的同源聲符有兩個來源，它們究竟由何詞滋生而來，不易考證。但「屏」及與之音近義通的詞絕非由「竝」滋生而來。

在上述對「屏」的族屬的討論中，我們涉及到二十幾個聲符（於此相關的聲符可能更多），這便是對單個聲符的突破；在系聯聲符不同的同源詞時，我們已經涉及聲符假借的問題，上述聲符如「並、不、非、比、卑、辟、敝、朋、犮、方、畀」等多數都無「冒覆」「遮蔽」義，「皮、畢、冡、冒」等有「冒覆」義，從前面諸聲符得聲諸詞可能由後面諸聲符滋生；從上述分析我們可以知道，「屏」「竝」同族，但「屏」不由「竝」滋生。

第二步，分別系聯各同聲符的形聲字，擬定同源詞組，分別按意義引申義列列出每個聲符的聲符義及所屬同源詞。那些與聲符本義、引申義無關的語詞同樣紬繹出其詞源意義，並依照聲符義分組。這樣我們可以很方便地為它們在同源聲符引申義列中找到節點，前面對從「付」得聲諸字的系聯已經表明了這一方法的方便之處。如：

分　〔判分〕：分、攽、盼、粉；〔花紋〕：黺、份、斑、紛；〔分散〕：芬、紛、坋、雰；〔盛多〕：忿、衯、鴌、氛；〔大〕：帉、妢、頒、盆；〔比並〕：扮

皮　　〔判分〕：披、柀、詖、簸、破、鈹；〔偏斜〕：頗、駊、庪、跛、坡、陂；〔分散〕：旇、疲、波；〔覆蓋〕：被、鞁、岥、髲、鮍、彼

　　通過這樣的比列，可使我們理順各聲符義之間的關係，並且各聲符的聲符義的重合又可以進一步證明聲符的同源。如我們認為「分、皮、氐」同源，「分、皮」均有「判分」「分散」義，「皮、氐」均有「偏斜」義。

　　以上兩個聲符各聲符義聯繫較為密切，但大多數聲符的聲符義沒有如此系統的引申義列，如「曷」聲有「休止、竭盡、敗壞、高大、遮掩、短小、迅速、呵呼」等聲符義〔註25〕，這些意義與聲符的本義、引申義均無聯繫，且各聲符義之間除高大、短小相反外，其他各意義之間亦無聯繫。在此情況下，若在單個聲符中系聯同族詞，再按照聲符義將形聲字歸入各聲符義下之後的工作便無法開展了，但我們若有了同源聲符的滋生譜系，我們便有可能按照聲符義，將各組同源詞歸入同族譜系中。

　　第三步，建立詞族。我們在第一步已經系聯了同族的聲符，釐清了它們的層次及貫串其中的詞源意義的發展脈絡。接著我們又分別對各聲符的聲符義引申義列進行了梳理。有了這樣的基礎，我們便可以以聲符為單位逐字考察，將各聲符所屬諸字歸入詞族中。

　　第四步，將屬於各族的非形聲字歸入各族。在這最後的程序中，我們要特別藉助於《同源字典》所提供的資料，特別是王力先生在《同源字典》中所運用的同源詞系聯方法，即聲義皆近。

〔註25〕 「曷」的聲符義依照殷寄明《漢語同源字詞叢考》，東方出版中心，2007年。

總　結

　　任何一門學問的精核都在於其理論和方法。在兩千多年的漫漫歷史長河中，詞族研究者不斷探索，總結新理論，提出新方法，取得了豐碩的成果。特別是在西方語言學理論傳入我國之後，在其影響下，詞族研究取得了長足的進步。對語詞的滋生原理、語詞滋生與文字孳乳的關係、同源詞之間的音義關係等都有了深刻的認識和明確的闡釋。雖然成就顯著，但還有許多相關問題沒有解決。

　　詞源學發展到今天，我們仍有許多問題亟待解決，如如何提高同源詞系聯的可靠性，如何提高同源詞系聯的效率，如何構建詞族以反映語詞以少生多的歷史圖景等。同族詞的系聯方法是解決上述諸問題的關鍵所在。

　　聲符示源的可靠性為我們提供了一個以簡馭繁且較為可靠的系源方法，即以聲符為基礎，先系聯同源聲符再系聯從這些聲符得聲的形聲字，然後再以音義條件考察相鄰兩層之間的音義關係，最後納入非形聲字所記錄的語詞。對於這一構想，曾昭聰先生十年前已作了明確的闡述，他說：

　　　　利用形聲字聲符系聯同源詞是切實可行的。由於漢語詞彙眾多
　　蕪雜，在系源時如果只從音近義通角度考慮，難免考慮不周，哪些
　　詞該收，哪些詞不該收，是一件令語言學者十分頭痛的事。如果我
　　們能充分考慮到聲符的示源功能，考慮到形聲字占漢字總量的絕大
　　多數，從聲符出發系聯同源詞，將是穩妥可靠而又十分有益的工作。

> 具體操作方法可以是先就某一聲符系聯同源詞，然後再尋找不同聲
> 符間的相通關係進行系聯，這樣就可以逐漸擴大同源詞的範圍，逐
> 步建立起一個漢語詞族的一個小分支，最後加以必要的其他方法，
> 把形體無關的同源詞系聯進去。這樣可望建立起一個真正的漢語詞
> 族。〔註1〕

曾先生言之成理，但未進行具體分析。在進行上述操作前，我們對其可行性進行了如下論證：

一、語詞滋生與形聲孳乳有密切的關係，語詞滋生推動了文字孳乳；形聲孳乳直觀地反映了語詞滋生的結果，有時形聲孳乳促使了語詞的滋生。總之，同聲形聲字多同源，形聲字聲符有示源性。

二、探明同一聲符蘊含多個聲符義的成因，並在此基礎上描述了同一聲符多個聲符義之間的關係，最後發現聲符義之間的關係多爲引申關係。

三、在上述發現的基礎上，提出利用聲符義的引申義列系聯同族詞反映語詞滋生層次的構想。

四、結合《文始》《初文述誼》等詞族研究著作的方法，進一步提出系聯同源聲符的構想，並以此爲詞族構建的開端。

〔註1〕 曾昭聰《形聲字聲符示源功能研究價值略論》，《汕頭大學學報》（人文社科版），
2001 年第 2 期。

附　錄　「八族」聲符滋生譜系

　　時至今日，語言的起源對於我們來說仍然是一個難解之謎，最早的語詞究竟如何產生仍不得而知。任繼昉先生在《漢語語源學》中認爲語根的產生主要有四種方式，即自然的發音、動情的感歎、音響的模擬、形態的模仿。[註1]章太炎先生說：「語言者，不馮虛起。呼馬而馬，呼牛而牛，此必非恣意妄稱也。諸言語皆有根，先徵之有形之物則可覯矣。何以言雀？謂其音即足也；何以言鵲？謂其音錯錯也；何以言雅？謂其音亞亞也；何以言雁？謂其音岸岸也；何以言駕鵝？謂其音加我也；何以言鶬鶊？謂其音格鉤礫軋也，此皆以音爲表者也。」[註2]可見章太炎持爲大多數人所接受的模仿說。從各種語言中數量不等的擬聲詞來看，音響的模擬作爲語根產生的方式是最可靠的。[註3]我們欲利用

[註1]　詳見任繼昉《漢語語源學》（第二版），重慶出版社，2004年，65～86頁。

[註2]　章太炎《語言緣起說》，《章氏叢書・國故論衡》，浙江圖書館校刊，1917～1925年。

[註3]　「人類語言一般都有象聲詞（又叫擬聲詞），象聲詞在語音方面的重要性在於：一方面象聲詞的語音構成總體上要受具體音系的制約，另一方面，象聲詞又比其他詞類更容易出現局部突破音系的現象。」勇按：象聲詞普遍存在於人類語言中，說明它的產生極其方便，而且有時爲了更「象」可以突破音系的限制，這也可以看做象聲詞易產的證據。最易產生的語詞類型極有可能是最先產生的語詞類型。劉丹青編著《語法調查研究手冊》，上海教育出版社，2008年，539頁。

擬音語根的可靠性，進行詞族研究的探索，我們的研究將從任繼昉先生所討論的例子延伸開去。

任繼昉先生在論著中引用了潘尊行所論六類「模仿語」，其三云：「我們聽到 biba 或 pipa 那樣的模擬聲，固然知道是模仿擊著的結果，但是柴炭或氣泡的爆裂，發音亦很相仿佛的，所以我們把它們並爲一系。……爆裂和分散的意思是相應的，所以『卜』、『暴』、『半』、『片』、『分』等聲當另爲一組。」〔註4〕卜、八、半等音義俱近，所以我們選擇與剝裂之音最爲接近的「卜」作爲同源聲符系聯的起點，當然這也只是爲了方便起見的一種擬測。

1.卜，《說文》：「灼剝龜也，象灸龜之形。一曰象龜兆之縱衡也」。按：卜爲象形字，卜取象於龜兆縱衡之形，「卜」聲即龜甲爆裂時發出的聲音。〔註5〕八，《說文》：「別也。象分別相背之形。」劉賾云：「八字形如以兩手向左右擘分事物者然。」〔註6〕分，《說文》：「別也。」林義光《文源》：「八、分雙聲對轉，實本同字。」高鴻縉《中國字例》：「八之本義爲分，取假象分背之形。指事字……後世借用爲數目八九之八，久而不返，乃如刀爲意符作分。」二字字形均顯示一物坼裂爲二之結果，「八」較「卜」更爲抽象。「卜」「八」之名當來自模仿事物坼裂之聲。

1.1〔判分〕：分、半、片、扁、班、辰、木、采、卯、勿、皮、癶、犮

自然爆裂與人爲判分結果相同，所以以下表示人事的語詞當由「卜」「八」滋生。

分、半、片、扁、班、辰、木、采、卯、勿、皮、癶、犮等均有判分義。分，《說文》：「別也。從八，從刀，刀以分別物也。」半，《說文》：「物中分也。」片，《說文》：「判木也。」段注云：「謂一分爲二之木。」《玉篇》：「片，半也。」扁，《說文》：「署也。從戶、冊，戶、冊者，署門戶之文也。」扁爲在門戶上題字，門戶扁薄，爲判分的結果。判分謂之半、片，判分所得亦謂之半、片、扁，於扁上題字亦謂之扁。班，《說文》：「分瑞玉。」《尚書·堯典》：「班瑞於羣後。」

〔註4〕 任繼昉《漢語語源學》（第二版），重慶出版社，2004年，81頁。

〔註5〕 任繼昉先生引董作賓考證云：「『卜』字之音，《廣韻》：『卜，博木切。』今讀或作 pu，或作 puo，其音同於『爆破』。余謂不惟『卜』之形取象於兆，其音亦象灼龜而爆裂之聲也。」任繼昉《漢語語源學》（第二版），重慶出版社，2004年，82頁。

〔註6〕 劉賾《初文述誼》，《劉賾小學著作二種》，上海古籍出版社，1983年，446頁。

木，《說文》：「分枲莖皮也。」辰，《說文》：「水之衺流，別也。」釆，《說文》：「辨別也。讀若辨。」張舜徽《約注》云：「初民習獵，熟諳於獸跡殊異，而後能有所區辨，此辨別之義所由生也。」番，《說文》：「獸足謂之番。從釆，田象其掌。蹞，番或從足，從煩。」

卯，《說文》：「冒也。二月，萬物冒地而出。象開門之形。」按：《說文》釋義不可從。卯即劉之初文，卜辭：「庚子貞，夕福，（冊口）羌，卯牛一。」胡澱咸先生認爲「卯牛」就是斬牲。〔註7〕

勿，《說文》：「州里所建旗。象其柄，有三遊。雜帛，幅半異。所以趣民，故遽，稱勿勿。」按：《說文》釋義不確。勿，「甲骨文金文從刀，三斜點或二斜點表示血滴，刎之初文。」〔註8〕「雜帛，幅半異」，物分則多，多則雜亂。勿有雜義，可證勿本爲判分義。《詩・小雅・無羊》：「三十維物，爾牲則具。」毛傳：「異毛色者三十也。」雜色牛義後作「物」。

皮，《說文》：「剝取獸革者謂之皮。」

必，《說文》：「分極也。」段注：「極猶準也。凡高處謂之極，立表爲分判之準，故云分極。從八弋。樹臬而分也。」

癶，《說文》：「足剌癶也。」又《束部》：「剌，戾也。」癶、剌皆違戾之義。犮，《說文》：「走犬貌。從犬而丿之。曳其足，則剌犮也。」張舜徽於「迣」下云：「本書《足部》：『跙，步行獵跋也。』《犬部》『犮，走犬貌。』跙犮與迣聲義同源。剌癶、獵跋、剌犮，實即一語。皆言走時兩足分張之狀。」

剌癶、獵跋、剌犮，皆言走時兩足分張之狀。兩足分張則易蹎僕，《文始》卷一：「行剌癶則蹎矣。」故跋，蹎也；趀，走頓也；僕，頓也；倒，僕也，皆蹎僕之義。蹎僕則人匍匐在地，《鄭雅・釋親第四》：「匍匐，猶顚躄。或作扶服。」〔註9〕由此而滋生勹、艮、伏、孚、撲等語詞。勹，《說文・部》：「裹也。象人曲形，有所包裹。」於省吾云：「象人側面俯伏之形，即伏之初文。」〔註10〕伏，《說文・人部》：「司也。」段注：「伏伺卽服事也，引伸之爲俯伏，又引伸之爲隱伏。」艮，「從又，從卩，象手執跪跽之人狀，會制服之義，服之

〔註7〕 胡澱咸《甲骨文金文釋林》，安徽人民出版社，2006 年，181 頁。

〔註8〕 黃德寬等編《古文字譜系疏證》，商務印書館，2007 年，3297 頁。

〔註9〕 張舜徽《鄭雅》，《鄭學從著》，齊魯書社，1984 年，299 頁。

〔註10〕 于省吾《甲骨文字釋林》，中華書局，2010 年，374 頁。

初文。」「甲骨文𡊨，一般作爲俘獲敵方人員的通稱。」〔註11〕王力先生說：「古人伏地表示畏服、佩服。故畏服、佩服的『服』與『伏』同源。」〔註12〕孚，從爪從子，構形與𡊨相似，會俘獲之義。俘獲敵人則使之跪跽匍匐，以示屈服。捧（拜），《說文》：「首至地也。」《頁部》：「頓，下首也。」《人部》：「僕，頓也。」《人部》：「倒，僕也。」捧、頓、僕義近。跪拜也是表示屈服、敬畏，與伏、𡊨義近。

1.1.1〔成雙〕：a.〔成雙〕：辡、朋；b.〔違離〕：北、非、𡗓；c.〔夾輔〕：弗、弜；d.〔比並〕：比、卪、竝、方

物一分則爲二，半，《說文》：「物中分也。」物中分，一分爲二，各得原物之半。《公羊傳·莊公四年》：「師喪分焉。」何注：「分，半也。」二物相附麗、相違背、相比次等涉及當事雙方的事件均含二義，由判分義引申而來。違背義又與分義直接相關，分，許慎訓爲別，別、離義同。《方言》卷六：「仢、邂，離也。」郭注：「謂乖離也。」仢義爲斷，與分同。《廣雅·釋詁一》：「仢，斷也。」

a.〔成雙〕：辡、朋

辡，《說文》：「罪人相與訟也。」案件必然涉及訴訟雙方，所以許慎說「相與訟」。曹，《說文》：「獄之兩曹也。」段注：「兩曹，今俗所謂原告、被告也。」《楚辭·招魂》：「菎蔽象棋，有六博些。分曹並進，乃相迫些。」王逸注：「曹，偶也。」辡爲罪人相與訟，亦有偶義。

朋，《說文》不錄，然棚、堋等皆以朋爲聲符。王國維《說玨朋》：「古制貝玉，皆吾枚爲一系，合二系爲一玨，若一朋。」並認爲玨、朋古一字。〔註13〕《詩·豳風·七月》：「朋酒斯饗。」毛傳：「兩樽曰朋。」《淮南子·道應》：「大貝百朋。」俞樾《評議》：「古者實以二貝爲一朋。《周易·損》：『六五，十朋之龜。』李鼎祚《集解》引崔憬曰：『雙貝爲朋。』得之矣。」

b.〔違離〕：北、非、𡗓

非，《說文》：「違也。從飛下𦑣，取其相背。」

〔註11〕 黃德寬等編《古文字譜系疏證》，商務印書館，2007 年，308 頁。

〔註12〕 王力《同源字典》，《王力文集》卷八，山東教育出版社，1992 年，340 頁。

〔註13〕 王國維《王國維遺書·觀堂集林·卷三·玨朋》，上海古籍書店印行，1983 年。

北，《說文》：「乖也。從二人相背。」段注：「乖者，戾也。」夆，《說文》：「牾也。」

逢，《說文》：「遇也。」逢遇義由雙義引申，「『偶』有『雙義』……由『雙』義引申爲相交、相合之義。」〔註14〕遇，《說文》：「逢也。」遭，《說文》：「遇也。一曰邐行。」遘，《說文》：「遇也。」聲符「禺」「曹」「冓」均有「偶」義，故從其得聲之字，遇、遭、遘有「逢遇」義。

c.〔夾輔〕：弗、弜

弗、弜爲在兩旁之義，《廣雅‧釋詁四》：「拂、榜、挾、押、翼，輔也。」「判分」與「夾輔」義相關。啓、肱有「開」義，又有「在旁」之義，「開」義與「在旁」義相因。《廣雅疏證‧卷六下》「脅也」條：「脅之言夾也，在兩旁之名也。……襄二十三年《左傳》賈逵注云：『軍左翼曰啓，右翼曰肱。』正義云：『啓、肱是在旁之軍。』啓義爲開，從去得聲的胠、呿亦有開義。胠，《莊子‧胠篋》：「將爲胠篋探囊發匱之盜而爲守備。」《經典釋文》引司馬彪注曰：「從旁開爲胠。」《說文》訓爲腋下，腋本在人身體之兩旁。呿，《玉篇‧口部》：「張口貌。」《莊子‧秋水》：「公孫龍口呿而不合，舌舉而不下。」

弗，《說文》：「矯也。」（依段注改）甲骨、金文字形「從己（象繩索之形），從二木，會矯檃使直之義」。〔註15〕二木夾輔需矯直之物，束之以繩索，故有夾輔義。矯枉使正，故又有拂逆義。

弜，《說文》：「彊也。」「許氏釋義及大徐本音切均誤，清人已疑之。弜實爲弼之初文，本義爲弓檠。」〔註16〕張舜徽《演釋名》：「弼，比也，弛弓則以兩弓相背而縛，所以輔之也。」〔註17〕弜與弗功用略同，卜辭中均用爲否定詞。

門，《說文》：「聞也。從二戶。」阮元《釋門》：「凡物中有間隙者，莫首於門矣。古人特造二戶象形之字，而未顯其聲音，其聲音爲何？則與『釁』同也。」〔註18〕阮元認爲門因有縫隙而得名，判分與縫隙義相因，卜爲裂隙，釁爲以血塗鐘鼓，均有裂隙義。判分、裂隙二義實相因，兩物相夾乃成縫隙，門從二戶，

〔註14〕陸宗達、王寧《訓詁方法論》，中國社會科學出版社，1983 年，144 頁。

〔註15〕黃德寬等編《古文字譜系疏證》，商務印書館，2007 年，3272 頁。

〔註16〕黃德寬等編《古文字譜系疏證》，商務印書館，2007 年，3283 頁。

〔註17〕張舜徽《演釋名》，《鄭學叢著》，齊魯書社，1984 年，483 頁。

〔註18〕阮元《研經室集》卷一，中華書局，2006 年，31 頁。

實寓成雙義。

d. 〔比並〕：比、旨、竝、方

比、旨、竝、方等為「比並、兩相親密」之義。「比並」義亦含「偶」義，《禮記・王制》：「諸侯之于天子也，比年一小聘，三年一大聘，五年一朝。」

比，《說文》：「密也。」段注謂：「其本義謂相親密也。」《國語・魯語下》：「非以求遠也，以魯之密邇於齊而又小國也。」韋昭注：「密，比也。」

旨，《說文》：「相次也。」段注：「十者，數之具也。比敘之則必有其次矣。」相次與二義相關。《說文》：「侣，伇也。」段注：「《司馬遷傳》曰：『僕又侣之蠶室。』如淳曰：『侣，次也。若人相次也。』侣之蠶室，猶云副貳之以蠶室也。」《爾雅》：「侣，貳也。」郭注：「侣，次，為副貳。」

𦔻，《說文》：「並竝行也。讀若伴侶之伴。」「並行謂之『𦔻』，或謂之『伴』，言依傍半合也。」〔註 19〕

竝，《說文》：「併也。」《文始・五》「方」下云：「方與𦔻屬之竝相應，竝亦併也。」

方，《說文》：「併船也。象兩舟省、緫頭形。」段注曰：「併船者，並兩船為一。《釋水》曰：『大夫方舟』，謂併兩船也。」黃金貴先生認為「『方』本義為泭筏，與他詞組合時引申為並義。」〔註 20〕按：方，因編木而得名，編即比並義，因而有並義。

仌，《說文》：「凍也，象水凝之形。」張舜徽云：「仌，併也，謂水遇冷併結為一也。」〔註 21〕

違背、夾輔、比次皆與成雙義相關。《方言》卷四：「扉、屨、麤，履也。」錢繹《箋疏》：「扉之言棐也。兩相比輔之名也。」成雙義、比次義、夾輔義皆在其中。

1.1.2 〔盛多〕：宋、豐、艸、無、每、卉、豐、畐、尨、孛、寠、肥、緜、孜

物分則多，宋、豐、畐、卉、艸等均有盛多義。

〔註 19〕 張希峰《漢語詞族三考》，北京語言大學出版社，2004 年，98 頁。

〔註 20〕 黃金貴《辨「方舟」》，《杭州師範大學學報》，1987 年第 2 期。

〔註 21〕 張舜徽《演釋名》，《鄭學從著》，齊魯書社，1984 年，436 頁。

宋，《說文》：「草木盛宋宋然。」段注：「宋宋者，枝葉茂盛因風舒散之貌。」

豐，《說文》：「草木豐豐也。」張舜徽云：「豐豐猶宋宋也。」《鄭風》：「子之豐兮。」毛傳曰：「豐，豐滿也。」鄭箋：「面貌豐豐然豐滿。」

芔，《說文》：「眾草也。」《文始》卷五「芔」下云：「《楚辭》：『滔滔孟夏兮，草木莽莽。』漢《郊祀歌》：『莽若云』，皆以『莽』爲『芔』，訓草眾。孳乳爲霖，豐也。又孳乳爲蕪，薉也。」

無（霖），《說文》：「豐也。《商書》曰：『庶草繁無。』」霖，字形「象人執舞具而舞蹈之形，舞之初文。」無，「金文作霖，聲化爲從某。」〔註22〕「某」「無」「每」聲近通用。《說文》：「㦖，撫也。讀若侮。」《詩·小雅·旻篇》：「民雖靡膴。」《韓詩》作「腜」。疑霖本爲舞蹈義，假借表繁蕪義。

每，《說文》：「草盛上出也。」《左傳·僖公二十八年》：「晉侯患之，聽輿人之誦曰：『原田每每，捨其舊而新是謀。』」杜預注：「晉軍美盛，若原田之草每每然。」

卉，《說文》：「草之總名。」黃侃《爾雅音訓》：「《廣雅》：『卉，眾也。』案：猶言彙也。《漢書·敘傳》：『柯葉彙而零茂』，注：『彙，盛也。本作虆，草木虆李之貌。』」〔註23〕

豐，《說文》：「豆之豐滿也。」

富，《說文》：「滿也。」段注：「《方言》：『恦、偪，滿也。』凡以器盛而滿謂之恦，注言湧出也。」多則滿，滿與盛多義相因，豐、富義近。

尨，《說文》：「犬之多毛者。《詩》曰：『無使尨也吠。』」

李，《說文》：「虆也。人色也。《論語》曰：『色李如也。』」

虆，《說文》：「草木虆李之貌。」按：李，《說文》「舥」下引《詩》「李」作「舥」。李、舥謂人氣盛，虆言草木茂盛。

肥，《說文》：「多肉也。」朱駿聲《通訓定聲》「每」下云：「（每每）重言形況字，如《韓詩》之：『周原腜腜』，《毛詩》之：『周原膴膴』也，肥美貌。」肥、腜、膴音義皆近。

〔註22〕黃德寬等編《古文字譜系疏證》，商務印書館，2007年，1700頁。

〔註23〕黃侃《爾雅音訓》，上海古籍出版社，1983年，207頁。

綜，《說文》：「馬髦飾也。《春秋傳》曰：『可以稱旌綜乎。』」張舜徽《約注》云：「馬髦謂之綜，喻其飾之盛也。飾盛謂之綜，猶草茂謂之蕃耳。」

孜，《說文》：「彊也。」孜即黽勉義，形容人用力甚多，孜孜汲汲之意。《方言》卷一：「釗、薄，勉也。齊魯曰勖茲。」錢繹《箋疏》：「《皋陶謨》：『予思日孜孜。』《泰誓》云：『爾其孜孜』，某氏傳：『孜孜，勤勉不怠。』」宜昌方言「勤勉」一詞指頻繁從事某事，當即「孜」之義。敦、惇有厚義，《詩·邶風·北門》：「王事敦我。」毛傳：「敦，厚也。」《說文》《廣雅·釋詁一》：「惇，厚也。」敦又有勉義。《國語·周語上第一》：「吾聞犬戎樹，惇帥舊德，而守終純固，其有以禦我矣。」徐元誥引王引之云：「『惇帥舊德』者，惇，《史記·周本紀》作『敦』。《爾雅》：『敦，勉也。』言勉循舊德也。《晉語》曰：『知籍偃之惇帥舊職而共給之』，是其證。下文單襄公曰：『懋帥其得。』韋注：『言勉循其德。』文意亦與此同。」[註24] 厚、盛多義通，《廣雅·釋詁三》：「薄、怒、農，勉也。」怒有盛義。《廣雅·釋詁二》：「馮、盈、忿，怒。」又《釋詁二》：「猛、狀、武、怒、驍，健也。」皆盛之義。「惇」訓勉又訓厚，厚、盛多義相通，由此可見「孜」實含「盛多」義。

1.1.2.1〔大〕：丕、白、蒙、巴、父、甫、夫、皐、旁、本、不多、大義相通。

丕，《說文》：「大也。」《書·大禹謨》：「嘉乃丕績。」孔傳：「丕，大也。」

白，《說文》：「西方色也，陰用事，物色白。」商承祚《〈說文〉中之古文考》：「甲骨文、金文、鉢文皆……從日銳頂，象日始出地面，光閃耀如尖銳，天色已白，故曰白也。」「白」之語源當爲大，故伯，《說文》：「長也。」伯、霸同源，《漢書·高帝紀下》：「伯者莫高於齊桓。」顏師古注：「伯，讀曰霸。」「在王霸的意義上，『伯、霸』實同一詞。」[註25] 光芒與大義相通。張舜徽《演釋名·釋天》：「皇，煌也，謂日出土上光芒四射也。」《說文》：「皇，大也。」吳大澂《說文古籀補》：「皇，大也，日出土則光大。」「廣，光也，光之所至，無遠弗屆，無隙不入，最爲溥遠也。」[註26] 或說「白」與

〔註24〕徐元誥《國語集解》（修訂本），中華書局，2008 年，9 頁。

〔註25〕王力《同源字典》，《王力文集》卷八，山東教育出版社，1992 年，372 頁。

〔註26〕張舜徽《演釋名》，《鄭學從著》，齊魯書社，1984 年，484 頁。

「判」同源。《釋名·釋綵帛》:「白,啓也,如冰啓時色也。」李慈銘《越縵堂讀書記·釋名》:「案《釋名》一書,皆以聲音爲訓。『白』之與『啓』,聲尤不類,當作:『白,判也,如冰判時色也。』《詩》『犙冰未泮』,毛傳:『泮,散也。』蓋『泮』爲『判』之叚借。『白』與『判』音近,『白』有明辨誼,萬物至曙而始辨,五色至白而始分,『判』者,『辨』也,『分』也,故『白』之誼引申爲『辨白』、爲『告白』,如史傳所言『事得白』、『以狀白事』之類是也。」〔註27〕

蒙,《說文》:「王女也。」「王」有大義,《爾雅·釋魚》:「蟒,王蛇。」

巴,《說文》:「蟲也。或曰食象它。」段注:「《山海經》曰:『巴蛇食象,三歲而出其骨。』」《文始》卷五:「巴,蛇爲本義。《釋魚》:『蟒,王蛇。』《說文》無『蟒』,蓋本作『莽』,古音莽如姥,借爲巴也。郭璞《圖讚》曰:『惟蛇之君是謂巨蟒。』……蟒之即巴明矣。」劉賾云:「巴爲上古巨大爬蟲。『八』與《言部》『誧』、《人部》『伯』名事一本。」〔註28〕

父,《說文》:「矩也,家長率教者。」

甫,《說文》:「男子美稱也。」《爾雅·釋詁》:「甫,大也。」

夫,《說文》:「丈夫也。」雄性多得名於大,雌性多受名於小。〔註29〕夫與父、甫同源,均爲男子之稱,有大義。

阜,《爾雅·釋地》:「大陸曰阜。」邢昺疏引李巡曰:「土地高大名曰阜。」《詩·小雅·天保》:「如山如阜,如岡如陵。」《國語·周語中》:「不義則利不阜」,韋昭注:「阜,厚也。」

旁,《說文》:「溥也。」《廣雅·釋詁一》:「旁,大也。」又《釋詁二》:「旁,廣也。」《書·太甲上》:「旁求俊彥,啓迪後人。」

本,《說文》:「木下曰本。」本大末小,本有大義。

不,《說文》:「鳥飛上翔不下來也。從一,一猶天也。」按:《說文》釋義不確。「不」甲骨文字形「象草木根鬚之形。或以爲柎之初文。《詩·小雅·常棣》:『鄂不韡韡。』箋:『不,當做柎。』《廣雅·釋言》:『柎,柢也。』《說文》:

〔註27〕任繼昉《釋名匯校》,齊魯書社,2006年,225頁。

〔註28〕劉賾《初文述誼》,《劉賾小學著作二種》,上海古籍出版社,1983年,197頁。

〔註29〕詳參楊樹達《積微居小學金石論叢·釋雌雄》,中華書局,1983年,30頁。

『柢，木根也。』」〔註30〕不，本義當爲木根，引申爲花萼。不、本幫紐雙聲，之文通轉，實同一源。

1.1.2.2〔冒覆〕：市、弁、免、冂、曰、冃、冒、宀、目、冢、木、畢、網、莆、包、保

皮膚覆冒於身體表面，草木暢貌則冒覆地面或成蔭，同有「冒覆」之義。荒，《說文》：「蕪也。一曰草淹地也。」繁蕪則覆冒土地，故「一曰草淹地也」，一曰義實本義之引申義。《爾雅·釋木》：「賁，藹。」郭璞注：「樹實繁茂菴藹。」藹本爲繁茂義，《古今韻會舉要·賄韻》：「藹，多貌。」引申而有「遮蔽」義，王勃《乾元殿賦》：「藹坤禎於明渚。」翳與藹同源，有「籠罩」義。《左傳》：「昭公欲去群公子，樂豫曰：『公族，公室之枝葉也。若去之，則本根無所庇蔭矣。』」亦繁茂而致庇蔭之證。《說文》：「藹，蓋也；蓋，苫也。」蓋即覆蓋，苫之用亦在覆蓋事物。又《廣雅疏證·卷一下》「蔚、薈，翳也」條云：「……《西都賦》注引《倉頡篇》云：『蔚，草木盛貌。』《說文》：『薈，草多貌。』……毛傳云：『薈蔚，雲興貌。』皆謂隱翳也。」草木茂盛遮蔽大地，因而產生了「隱翳」義。

「冒覆」義有兩個來源，一爲「皮」，一爲該譜系中有「盛多」義的諸聲符，它們在音義上有密切聯繫，所以權且合而爲一，以後可以作更細緻的分析，儘量反映出源流關係。

市，《說文》：「韠也。上古衣蔽前而已，市以象之。」段注：「鄭曰：『韠之言蔽也，韍之言亦蔽也。』鄭注《禮》曰：『古者佃漁而食之，衣其皮，先知蔽前，後知蔽後。後王易之以布帛，而獨存其蔽前者，不忘本也。』」《韋部》：「韠，韍也。」按：遠古衣皮，市因其材料而得名。皮又有加被、覆蓋義，市或因遮蔽義而滋生。

弁（覍），《說文》：「冕也。周曰覍，殷曰㝸，夏曰收。從皃，象形。」甲骨文作雙手執弁冕形，不從皃。《儀禮·士冠禮》「周弁、殷㝸、夏收」，鄭注：「㝸，名出於幠，幠，覆也。言所以自覆飾也。」

免（冕），《說文》：「大夫以上冠也。邃延、垂瑬、紞纊。從冃免聲。古者黃帝初作冕。」「冕」爲「免」之後出字，免，「從人，頭著帽。疊加音符冃則

〔註30〕黃德寬等編《古文字譜系疏證》，商務印書館，2007年，278頁。

作冕。」〔註31〕弁、冕音近義同。

冂，《說文》：「覆也。」

冃，《說文》：「重覆也。」

冃，《說文》：「小兒蠻夷頭衣也。」冃、冕、弁義近。《文始》卷四「冂」下云：「『冂』之音入幽爲『冃、冃』，在泰爲『肭、市』。上自大幕，下至冠冕巾帣，皆冂也。有幕然後有宮室。『宀』亦本於冂也。『丙』爲不見，又自冂而廣之。然則諸字皆受聲於『冂』。」

冒，《說文》：「冢而前也。」徐灝《注箋》：「冒，即古帽字。冃字形略，故從目作帽。引申爲引申爲冢冒之義後，爲引申義所專，又從巾作帽，皆相承增偏旁也。」

宀，《說文》：「交覆深屋也。」《釋名·釋宮室》：「庵，奄也，所以自覆奄也；廡，憮也。憮，覆也。」庵、廡爲宮室，因覆蓋得名，宀亦爲屋，亦當音覆蓋得名。劉賾云：「宀、冃、冃、冒與冂聲轉。」〔註32〕

目，《說文》：「人眼。」段注：「或曰眸子。眸，冒也，相裹冒也。按人目由白而盧，童而子，層層包裹。故重畫以象之，非如項羽本紀所云重瞳子也。」張舜徽云：「目，冃也，謂有物以奄覆之也。目開則張，目合則眼簾下垂以掩之矣。」〔註33〕

冢，《說文》：「覆也。」

木，《說文》：「冒也。」《釋名·釋天》：「木，冒也，華葉自覆冒也。」

畢，《說文》：「田網也。從華，象畢形。」段注：「《小雅》毛傳曰：『畢所以掩兔也。』《月令》注曰：『罔小而柄長謂之畢。』按《鴛鴦》傳云：『畢掩而羅之。』然則不獨掩兔，亦可掩鳥，皆以上覆下也。」畢爲田網，由「覆蓋」義得名。捕捉禽獸的網具多由「覆蓋」義得名。罨，《說文》：「罕也。」「罕，網也。」罨從奄得聲，有覆冒義。罜，《說文》：「覆也。」音、奄音近通用。揜，《說文》：「自關以東，謂取曰揜。」許愼以取訓揜，義當爲捕取，古時以網掩取鳥獸。《穀梁傳·昭公八年》：「揜禽旅。」范甯注「揜取眾禽」，是其義也。

〔註31〕黃德寬等編《古文字譜系疏證》，商務印書館，2007 年，2846 頁。

〔註32〕劉賾《初文述誼》，《劉賾小學著作二種》，上海古籍出版社，1983 年，502 頁。

〔註33〕張舜徽《演釋名》，《鄭學叢著》，齊魯書社，1984 年，461 頁。

後來引申爲奪取義，《淮南子‧氾論》：「怯者夜見立表，以爲鬼也；見寢石，以爲虎也。懼揜其氣也。」高誘注：「揜，奪也。」與許愼訓取合。揜、掩音同義近。罘、䍓、罟、䍝、罯均爲捕捉鳥獸之網，當同出一源，因功用稍別而音小異，均由覆蓋義得名。

網，《說文》：「庖犧所結繩以漁。」網、畢功用同，受名之由亦同，均有蒙覆義。

箙，《說文》：「具也。」按：箙，本象箭矢在箙中之形，爲箙之初文。箙，《說文》：「弩矢箙也。」瑞，《說文》：「車笭閒皮篋也。古者使奉玉所以藏之。讀與服同。」箙、箙用以藏箭矢、圭玉，藏與覆冒義通。《廣雅‧釋詁四》：「薶、屛、揜，藏也。」薶、屛、揜均有覆冒義。

包，《說文》：「象人裹妊，巳在中，象子未成形也。」

保，《說文》：「養也。」唐蘭《殷墟文字記》：「負子於背謂之保。」《書‧召誥》：「夫知保抱攜持厥婦子，以哀籲天。」包、保、抱均有包裹、收藏、保護之意，故「寶」與它們聲近義通。

1.1.2.2.1 〔障蔽〕：棥

「冒覆」義又與「障蔽」義相關。草木暢茂則有礙行進，丰，《說文》：「道多艸，不可行。」《文始》卷一：「草亂則道丰，故『丰』孳乳爲『夆』，相遮要害也。遮者，遏也。」《詩‧小雅‧小弁》：「踧踧周道，鞠爲茂草。」陳奐《傳疏》：「通達之大道，其平易踧踧然，今爲茂草所塞。」《廣雅‧釋詁一》：「蔚、薈，翳也。」《廣雅‧釋詁二》：「晻、篓、翳，障也。」又「翳、薈，障也。」《國語‧楚語下》：「好縱過而翳諫。」韋昭注云：「翳，障也。」《孫子‧行軍篇》：「軍行有險阻、潢井葭葦、山林翳薈者。」魏武注云：「翳薈，可遮罩之處也。」薈本草多貌，草多而覆地，故又訓爲翳；草多覆地而障行，故又訓爲障。翳本爲華蓋，有覆冒義，覆冒與遮障相因，故又訓作障。《詩‧小雅‧采薇》：「小人所腓。」馬瑞辰《傳箋通釋》引胡承珙曰：「芘蔭與隱蔽同義。」

棥，《說文》：「藩也。從爻從林。《詩》曰：『營營青蠅，止於棥。』」棥有遮礙義，故從棥得聲之樊訓「騺不行也」。

1.1.2.2.2 〔不明〕：黑、熏、昏、莫、蔑、丏、亡、沒、冥、夢、瞢

「覆蓋」「障蔽」「不明」義相因。矇，《說文》：「童矇也。一曰不明也。」

晻，《說文》：「不明也。」「矇」從「蒙」得聲，猶從「冡」得聲，「晻」從「奄」得聲，「冡」「奄」均有「覆蓋」義。丏，《說文》：「不見也。象壅蔽之形。」覆蓋、遮蔽則不見，不明亦難諦視。《詩·秦風·小戎》：「陰靷鋈續。」傳：「陰，揜軓也。」名陰而功用爲揜，揜義爲覆蓋，「覆蓋」與「陰暗」義相因。《釋名補遺·釋天》：「霿，蒙也。日光不明，濛濛然也。」

黑，《說文》：「火所熏之色也。」黃易青先生云：「凡遮蓋、遮蔽、閉塞則有陰暗義，故覆蓋謂之薶，一謂之奄，又謂之罯，猶陰暗謂之黑，亦謂之晻，又謂之暗。」

熏，《說文》：「火煙上出也。」熏、昏同聲。闇，段注：「按古闇與勳音同。《易》：『厲闇心。』馬作『熏』。」

昏，《說文》：「日冥也。」

莫，《說文》：「日且冥也。從日在茻中。」黃昏日光黯淡不明。

蔑，《說文》：「勞目無精也。」段注：「目勞則精光茫然。」茫然即不明之義。

丏，《說文》：「不見也。象壅蔽之形。」

亡，《說文》：「逃也。」段注：「從入∟。會意。謂入于迂曲隱蔽之處也。」按：段氏說形有誤，但釋義可據。人逃亡則不可見，如隱蔽而不可見，故亡有不明義。因其有不明義，故引申爲亡失、滅亡義。亡失亦不見，不見與無義相近，故引申爲滅亡。《戰國策·秦策》：「亡趙自危。」注：「亡，失也。」《戰國策·西周策》：「秦飢而宛亡。」注：「亡，滅也。」

沒，《說文》：「沈也。」沒亦有隱沒不見義，漢蘇武《詩四首》之三：「參辰皆已沒，去去從此辭。」亡、沒皆有隱沒不見義，故死亡謂之亡亦謂之沒，後作歿。

冥，《說文》：「幽也。」《史記·龜策列傳》：「飄風忽起，正晝晦暝。日月並蝕，滅息無光。」

夢，《說文》：「不明也。」寢，《說文》：「寐而有覺也。」段注：「今字叚夢爲之，夢行而寢廢矣。」

瞢，《說文》：「目不明也。」段注：「《周禮·眂祲》：『六曰瞢。』注云：『日月瞢瞢無光也。』按《小雅》：『視天夢夢。』夢與瞢音義同也。」眜，《說文》：「目不明也。」眳，《說文》：「目不明也。」

1.1.2.2.2.1〔無知〕：民

光明與聰慧相通，昏暗與無知相通

民，《說文》：「眾萌也。」「氓，民也。讀若盲。」《爾雅‧釋言》：「民，氓也。」《廣雅‧釋詁四》：「氓，民也。」民、氓實一詞。《周官‧遂人》：「以下劑致甿。」鄭注：「變民言甿，異內外也。甿，猶懵懵，無知貌也。」《漢書‧霍去病傳》「及厥眾萌」，又《劉向傳》「民萌何以勸勉」，顏師古注並云：「萌與甿同，無知之貌。」

1.1.2.2.3〔表面〕：毛、表、皃、暴、苗、面

毛，《說文》：「眉髮之屬及獸毛也。」《釋名‧釋形體》：「毛，貌也，冒也。在表所以別形貌，且以自覆冒也。」一物冒覆他物，用以冒覆之物必然處於表面，冒覆與表面義相成，故劉熙言貌，言表又言冒。

表，《說文》：「上衣也，從衣從毛。」毛有表義，郝士宏云：「『毛』在文獻中也可以與『裏』相對而表示『外』或『表』的意義。……如《詩‧小弁》：『不屬于毛，不罹於裏。』……『表』是一個會意兼形聲字，當云：『從衣從毛，毛亦聲。』」〔註34〕故「表」由「毛」滋生。

皃，《說文》：「頌儀也。從人，白象人面形。」段注：「頌者今之容字。必言儀者，謂頌之儀度可貌象也。凡容言其內，貌言其外。」表、貌旁紐疊韻，「貌」疑由「表」滋生。

暴，《方言》卷七：「膊、曬、晞，暴也。東齊及秦之西鄙言相暴僇爲膊。燕之外郊朝鮮洌水之間凡暴肉，發人之私，披牛羊之五臟，謂之膊。暴五穀之類，秦晉之間謂之曬，東齊北燕海岱之郊謂之晞。」《方言》卷四：「帬褻謂之被巾。」錢繹《箋疏》：「《爾雅》：『黼領謂之襮』，孫炎注：『刺繡黼文以褓領。』『襮』、『褓』，同聲通用。」王念孫《廣雅疏證‧釋器》云：「襮，猶表也。表謂之衣領也。《唐風‧揚之水》篇：『素衣朱襮』，毛傳：『襮，領也。』『襮』與『褓』，古同聲。」襮、褓通用，「暴」義當得義於曝露，與「表」聲義皆近。

苗，《說文》：「草生於田者。」郝士宏云：「土地上生長的禾苗作物，像毛髮附著於皮革之上，由其形象上有共同點，所以由聯想而產生『苗作物』亦得

〔註34〕郝士宏《古漢字同源分化研究》，安徽大學出版社，2008年，206頁。

謂之毛。」〔註35〕黃侃云：「苗亦毛也。不毛之地即言無草木矣。」〔註36〕《管子・七臣七主》「而欲土地之毛」，注：「毛謂嘉苗。」《周禮・地官司徒・載師》：「凡宅不毛者有裡布。」鄭注：「鄭司農云：『宅不毛者，謂不樹桑麻也。』」

面，《說文》：「顏前也。」李孝定《甲骨文字集釋》：「絜文從目，外相面部匡廓之形，該面部五官中最足引人注目者莫過於目，故面字從之也。」

1.1.3〔微小〕：糸、林（麻）、矛、亡（鋩）、末、米、敫、尾、卑

物經判分則數量變多而所分得各部分變小，判分與微小義相因。昏暗不明則不能明察事物，事物微小亦不易明察，不明義與小義相因。《廣雅疏證・卷四下》「微也」條：「《說文》：『糸，細絲也。』又云：『覭，小見也。』其義同也。」段注：「如溟之為小雨，皆於冥取意。《釋言》曰：『冥，幼也。』」冥，《說文》：「幽也。」《廣雅・釋訓》：「冥，暗也。」薎，《說文》：「勞，目無精也。」「目無精」有昏暗不明義。《方言》卷二：「木細枝謂之杪，江、淮、陳、楚之內謂之薎。」郭注：「薎，小貌。」《小爾雅・廣言》：「薎，末也。」冥、薎有暗義，又有小義，足見昏暗與小義相關。

糸，《說文》：「細絲也。」

林（麻），《說文》：「葩之總名也。林之為言微也，微纖為功。」段注：「《春秋說題辭》曰：『麻之為言微也。』林麻古蓋同字。」麻，《說文》：「與林同。人所治，在屋下。」《方言》卷二：「東齊言布帛之細者曰綾，秦晉曰靡。木細枝謂之杪，江淮陳楚之內謂之薎。」靡從麻得聲而有小義，「麻之言微」可信。

矛，《說文》：「酋矛也。建於兵車，長二丈。」矛蓋因其末端纖微得名。劉熙、張舜徽都以「冒」訓「矛」，不管「矛」因末端纖微得名還是因有毛羽冒飾而得名，總之不出該族的範圍。

亡（鋩），甲骨文「從刀，于刀刃之下施短豎筆，表示鋒芒。指事。疑鋩之初文。《集韻》：『鋩，刀端。』」按：矛、鋩均因微小而得名，音義具近。《說文》訓逃者，當為同源假借。

末，《說文》：「木上曰末。」段注：「與薎、莫、無、聲義皆通。」末亦因微小而得名。末與稍、杪同義，皆有微小義。

〔註35〕郝士宏《古漢字同源分化研究》，安徽大學出版社，2008年，206頁。
〔註36〕黃侃《爾雅音訓》，上海古籍出版社，1983年，309頁。

米，《說文》：「粟實也。象禾實之形。」張舜徽《約注》云：「粟實甚微，因謂之米，此與毛、麻、糸、末得名正同，皆一語之轉也。」

敠，《說文》：「妙也。」妙即微小義。《莊子・寓言》：「九年而大妙。」成玄英疏：「妙，精微也。」

尾，《說文》：「微也。從到毛在屍後。古人或飾繫尾，西南夷亦然。」《方言》卷十二：「尾、梢，盡也。尾，梢也。」尾有微小義，又有盡義、梢義，足見末、微、尾義相因。

卑，《說文》：「賤也，執事也。」

1.1.4〔分與〕：付、畀

「判分」義引申爲「分與」義。《廣雅疏證・卷一上》「取也」條云：「凡與之義近於散。」分、散相因，且分有與義。《玉篇・八部》：「分，施也，賦也，與也。」《左傳・昭公十四年》：「（楚子）分貧，振窮。」杜預注：「分，與也。」

付，《說文・人部》：「予也。」《尚書・梓材》：「皇天既付中國民。」與付同源之分、班皆有分與義。《國語・魯語下》：「以分大姬，配虞胡公而封諸陳。古者，分同姓以珍玉，展親也。」賦，段注：「斂之曰賦，班之亦曰賦。經傳中凡言以物班布與人曰賦。」

畀，《說文》：「相付與之。約在閣上也。」《爾雅・釋詁》：「貽、畀、卜，予也。」卜有判分義，故亦有給予義。《詩・小雅・楚茨》：「卜爾百福。」畀、付、卜音近義同，《釋・小雅・天保》：「君曰卜爾。」毛傳：「卜，予也。」馬瑞辰《傳箋通釋》：「《白虎通》：『卜，赴也。』古卜音近赴，亦與付近，故訓予。……又《釋詁》：『畀，予也。』畀與卜亦雙聲，卜訓予者，或即畀之假借。」

1.1.5〔擊打〕：攴、伐

「擊打」義與「判分」義相因，事物可自然爆裂，也可因擊打而開裂。事物分裂多爲人爲砍斫、敲擊使然，故分開與敲擊實爲因果關係。劉賾云：「《舜典》：『撲作教刑』，撲即攴之別體。教刑用攴，攴所以開導策屬之。擊與開義遂相因承。如《手部》：『扰，開也。讀若抵掌之抵。』抵，側擊也。《戶部》：『屖，始開也。』《攴部》：『肇，擊也。』」〔註37〕

〔註37〕劉賾《初文述誼》，《劉賾小學著作二種》，上海古籍出版社，1983 年，425 頁。

支，《說文》：「小擊也。」《詩·七月》：「八月剝棗。」毛傳曰：「剝，擊也。」假剝爲支，同源假借。

伐，《說文》：「擊也。一曰敗也。」《詩·小雅·釆芑》：「鉦人伐鼓，陳師鞠旅。」毛傳：「伐，擊也。」

1.1.5.1〔破敗〕：尚

事物受擊打，劃割則破敗，故伐訓擊，又訓敗。

尚，《說文》：「敗衣也。從巾，象衣敗之形。」

1.1.6〔紋理〕：文、賁

「判分」與「紋理」義相因。判分則多，多則雜錯成紋。馬瑞辰於《毛詩傳箋通釋》中已言之。《詩·衛風·碩人》「美目盼兮」，傳：「盼，白黑分。」馬瑞辰云：「《說文》：『盼，白黑分也。』盼從分聲，兼從分會意，白黑分謂之盼，猶文質備謂之份也。《說文》：『頒，鬢髮半白也。』字借作頒。又：『辨，駁文也。』皆與盼爲白黑分者取義正同。」花紋義與「二」義密切相關，又《禮記·檀弓下》：「古之侵伐者，不斬祀，不殺厲，不獲二毛。」鄭注：「二毛，鬢髮斑白。」足見其義。《周禮·考工記·畫繢》：「青與赤謂之文。」《周禮·天官·典絲》：「共其絲纊組文之物。」鄭注：「青與赤謂之文。」《荀子·非相》：「美於黼黻文章。」楊倞注：「青與赤謂之文。」《易·繫辭上》：「遂成天下之文。」孔穎達正義：「若青赤相雜，故稱文也。」《詩·周南·桃夭》：「桃之夭夭，有蕡其實。」程俊英注：「蕡，顏色斑駁貌。蕡與賁古通，金文作龏，即古班字。于省吾《澤螺居詩經新證》：『毛公鼎"龏辮駁"，劉心源謂"斑辮斑駁"是也。然則"有蕡其實"即"有斑其實"。桃實將熟，紅白相間，其實斑然。』」〔註38〕以上皆二色相間爲文。

張舜徽認爲紋理可據以分辨事物，故從分滋生。他說：「文，分也，謂資以分別萬物也。……《說文·敘》篇云：『見鳥獸蹏远之跡，知分理之可相別異也。』分理猶文理耳。」〔註39〕又云：「斐，辨也，辨者別也，謂文之分別者也。分別文謂之斐，猶兩壁耕謂之辈耳。」

文，《說文》：「錯畫也。象交文。」「彣，㦽也。」

〔註38〕程俊英、蔣見元《詩經注析》，中華書局，2009 年，17 頁。

〔註39〕張舜徽《演釋名》，《鄭學從著》，齊魯書社，1984 年，566 頁。

賁，《說文》：「飾也。」《易·賁》：「白賁，無咎。」王弼注：「以白爲飾而無患憂。」段玉裁於「頒」下云：「《玉藻》：『笏，大夫以魚須文竹。』鄭云：『文猶飾也。』」

1.1.7〔散佈〕：布、風

物分則散，分散與敷布義近，故散佈連言。《爾雅·釋言》：「班，賦也。」《廣雅·釋詁三》：「列、班、賦，布也。」《方言》卷三：「班、徹，列也。」是班與列同義。判分、陳列、敷布義相因。

布，《說文》：「枲織也。」段注：「引伸之凡散之曰布，取義于可卷舒也。」《廣雅·釋詁三》：「鋪、散、列、播、班、賦，布也。」「離、解、廝、披、碎、布，散也。」布、散互訓，列、班、離、解、廝、披、碎均有判分義，足見「布」得義於「散佈」。

風，《說文》：「八風也。」《釋名·釋天》：「風，兗豫司冀橫口合脣言之；風，氾也，其氣博氾而動物也。青徐言風，踧口開脣推氣言之；風，放也，氣放散也。」《左傳·僖公四年》：「風馬牛不相及也。」服虔注：「風，放也。」《公羊傳·僖公三十一年》疏引孫炎《爾雅注》云：「既祭，披磔其牲，似風散也。」是風有散義。

參考文獻

說明：以下論著均按作者音序排列。

一、專著

1. 戴侗《六書故》，上海社會科學院出版社，2006 年。
2. 段玉裁《說文解字注》，上海古籍出版社，2006 年。
3. 馬瑞辰《毛詩傳箋通釋》，中華書局，2008 年。
4. 錢繹《方言箋疏》，上海古籍出版社，1984 年。
5. 阮元《研經室集》，中華書局，2006 年。
6. 王念孫《廣雅疏證》，江蘇古籍出版社，2000 年。
7. 王引之《經義述聞》，江蘇古籍出版社，2000 年。
8. 徐鍇《說文解字繫傳》，中華書局，1987 年。
9. 許慎《說文解字》，中華書局，2007 年。
10. 俞樾《古書疑義舉例》，上海古籍出版社，2007 年。
11. 朱駿聲《說文通訓定聲》，中華書局，1984 年。
12. 程俊英、蔣見元《詩經注析》，中華書局，2009 年。
13. 陳煒湛、唐鈺明《古文字學綱要》，中山大學出版社，1988 年。
14. 房德里耶斯《語言論》，商務印書館，1992 年。
15. 郭錫良《漢語史論集》（增補本），商務印書館，2005 年。
16. 洪成玉《漢語詞義散論》，商務印書館，2008 年。
17. 黃德寬等《古文字譜系疏證》，商務印書館，2007 年。
18. 胡澱咸《甲骨文金文釋林》，安徽人民出版社，2006 年。

19. 何九盈《語言叢稿》，商務印書館，2006 年。

20. 何九盈《中國古代語言學史》，北京大學出版社，2007 年。

21. 何九盈《中國現代語言學史》（修訂本），商務印書館，2008 年。

22. 黃侃《黃侃論學雜著》，中華書局，1964 年。

23. 黃侃《爾雅音訓》，上海古籍出版社，1983 年。

24. 黃侃述、黃焯編《文字聲韻訓詁筆記》，上海古籍出版社，1983 年。

25. 黃永武《形聲多兼會意考》，文史哲出版社，1985 年。

26. 郝士宏《古漢字同源分化研究》，安徽大學出版社，2008 年。

27. 黃易青《上古漢語同源詞意義系統研究》，商務印書館，2007 年。

28. 蔣紹愚《古漢語詞彙綱要》，商務印書館，2007 年。

29. 劉丹青《語法調查研究手冊》，上海教育出版社，2008 年。

30. 李國英《小篆形聲字研究》，北京師範大學出版社，1996 年。

31. 劉堅《二十世紀的中國語言學》，北京大學出版社，1998 年。

32. 劉師培《劉申叔遺書》，江蘇古籍出版社，1997 年。

33. 劉賾《初文述誼》，《劉賾小學著作二種》，上海古籍出版社，1983 年。

34. 陸宗達、王寧《訓詁方法論》，中國社會科學出版社，1983 年。

35. 陸宗達、王寧《訓詁與訓詁學》，山西教育出版社，1994 年。

36. 陸忠發《漢字學的新方向》，浙江大學出版社，2009 年。

37. 孟蓬生《上古漢語同源詞語音關係研究》，北京師範大學出版社，2001 年。

38. 權少文《說文古均二十八部聲系》，甘肅人民出版社，1987 年。

39. 裘錫圭《文字學概要》，商務印書館，2004 年。

40. 任繼昉《漢語語源學》（第二版），重慶出版社，2004 年。

41. 任繼昉《釋名匯校》，齊魯書社，2006 年。

42. 沈兼士《廣韻聲系》，中華書局，1985 年。

43. 沈兼士《沈兼士學術論文集》，中華書局，1986 年。

44. 盛林《〈廣雅疏證〉中的語義學研究》，上海人民出版社，2008 年。

45. 索緒爾《普通語言學教程》，商務印書館，2009 年。

46. 孫雍長《管窺蠡測集》，嶽麓書社，1994 年。

47. 唐蘭《中國文字學》，上海古籍出版社，2006 年。

48. 藤堂明保《漢字語源辭典》，學燈社，1965 年。

49. 王國維《觀堂集林》，河北教育出版社，2003 年。

50. 王力《中國語言學史》，《王力文集》卷十二，山東教育出版社，1992 年。

51. 王力《同源字典》，《王力文集》卷八，山東教育出版社，1992 年。

52. 王繼如《訓詁問學叢稿》，江蘇古籍出版社，2001 年。

53. 王寧《訓詁學原理》，中國國際廣播出版社，1996 年。

54. 王衛峰《上古漢語詞彙派生研究》，百家出版社，2001 年。

55. 王先謙《釋名疏證補》，中華書局，2008 年。

56. 王蘊智《殷周古文同源分化現象探索》，吉林人民出版社，1996 年。

57. 許威漢《漢語詞彙學導論》，北京大學出版社，2008 年。

58. 許威漢《訓詁學讀本》，上海交通大學出版社，2010 年。

59. 徐興海《〈廣雅疏證〉研究》，江蘇古籍出版社，2001 年。

60. 徐元誥《國語集解》（修訂本），中華書局，2008 年。

61. 楊樹達《積微居小學述林》，中華書局，1983 年。

62. 楊樹達《積微居小學金石論叢》，中華書局，1983 年。

63. 楊樹達《中國文字學概要》，上海古籍出版社，1988 年。

64. 楊光榮《詞源觀念史》，巴蜀書社，2008 年。

65. 殷寄明《漢語同源字詞叢考》，東方出版中心，2007 年。

66. 殷寄明《漢語語源義初探》，學林出版社，1998 年。

67. 姚小平《17～19 世紀的德國語言學與中國語言學》，外語教學與研究出版社，2001 年。

68. 姚孝遂《姚孝遂古文字論集》，中華書局，2010 年。

69. 於省吾《甲骨文字釋林》，中華書局，2010 年。

70. 張博《漢語同族詞的系統性與驗證方法》，商務印書館，2003 年。

71. 張儒、劉毓慶《漢字通用聲素研究》，山西古籍出版社，2002 年。

72. 張舜徽《演釋名》，《鄭學從著》，齊魯書社，1984 年。

73. 張舜徽《鄭雅》，《鄭學從著》，齊魯書社，1984 年。

74. 章太炎《國故論衡》，《章氏叢書》，浙江圖書館校刊，1917～1925 年。

75. 章太炎《文始》，《章氏叢書》，浙江圖書館校刊，1917～1925 年。

76. 張希峰《漢語詞族叢考》，巴蜀書社，1999 年。

77. 張希峰《漢語詞族三考》，北京語言大學出版社，2004 年。

78. 曾昭聰《形聲字聲符示源功能述論》，黃山書社，2002 年。

79. 周祖謨《周祖謨學術論著自選集》，北京師範學院出版社，1993 年。

二、論文

1. 白於藍《釋「紋」》，復旦大學古文字中心網站，http://www.guwenzi.com。

2. 黃德寬《漢字構型方式——一個歷時態演進的系統》，《安徽大學學報》（哲學社會科學版），1994 年第 3 期。

3. 黃金貴《辨「方舟」》，《杭州師範大學學報》，1987 年第 2 期。

4. 黃易青《同源詞義素分析法》，《古漢語研究》，1999 年第 3 期。

5. 侯占虎《對〈同源字典〉的一點看法》,《古籍整理研究學刊》,1996 年第 1 期。

6. 賈文《說甲骨文「爭」——古代的「耦耕」》,《中國歷史文物》,2005 年第 3 期。

7. 李恩江《從〈說文解字〉談漢語形聲字的發展》,《語言學論叢》(第三十二輯),商務印書館,2001 年。

8. 劉智峰《〈文始・一〉同族詞詞源義系統研究》,湖南師範大學碩士學位論文,2010 年。

9. 王鳳陽《漢語詞源研究的回顧與前瞻(代序)》,張希峰《漢語詞族續考》,巴蜀書社,2000 年。

10. 王寧《論〈說文〉字族研究的意義——重讀章炳麟〈文始〉與黃侃〈說文同文〉》,《南京師大學報》(社會科學版),1986 年第 1 期。

11. 王力《漢語滋生詞的語法分析》,《同源字典》,山東教育出版社,1992 年。

12. 許嘉璐《論同步引申》,《中國語文》,1987 年第 1 期。

13. 王寧《關於漢語詞源研究的幾個問題》,《陝西師範大學學報》(哲學社會科學版),2001 年第 3 期。

14. 王寧、黃易青《詞源意義與詞彙意義論析》,《北京師範大學學報》(人文社會科學版),2002 年第 4 期。

15. 王寧、黃易青《詞源意義與詞彙意義論析》,《北京師範大學學報》(人文社會科學版),2002 年第 4 期。

16. 徐朝東《同一聲符的反義同族詞》,《古漢語研究》,2001 年第 1 期。

17. 周光慶《古漢語詞源結構中的文化心理》,《華中師範大學學報》(哲學社會科學版),1989 年第 4 期。

18. 張崇禮《釋放》,復旦大學古文字研究中心網站,http://www.guwenzi.com。

19. 張玉梅《王筠『形聲兼會意』論述》,《古漢語研究》,2010 年第 1 期。

20. 曾昭聰《同聲符反義同源詞研究綜述》,《古漢語研究》,2003 年第 1 期。

21. 曾昭聰《形聲字聲符示源功能研究價值略論》,《汕頭大學學報》(人文社科版),2001 年第 2 期。